強制的に
スローライフ!?
1
ている
イラスト：
でんきちひさな

登場人物紹介
Characters
アーカム
ミレニア
マオリー
ジルベール

クレンディル
シンシア
サフィーネ

「息子は天才だったか」
「うん、できるよ。水よ、いでよ『ウォーター』」
水の球を出して、指を中心に同じようにクルクル回す。手が小さいから指の周りで回すのは難しいのだ。
!

もくじ

プロローグ

僕の名前はジルベール＝オルト。四歳の子供である。

お母さん譲りの赤い髪とつぶらな瞳は、自分目線で見ても可愛《かわい》い子供だ。

元の名前は……まあいいか。

とにかく、日本人の大人だったよ。

気がついたら赤ん坊になっていた。

異世界転生とか呼ばれている現象らしい。

別に僕に何か特別なものがあったわけではない。普通の家庭で普通に育っていた。

死んだから？　神様が来た？

自分が死んだかどうかなんて確認しようがないと思う。それに神様にも会っていないし見てない。

そもそも、こちらへの転生前後の記憶は曖昧だ。

とにかく何やら聞いたことのある地名が飛び交い、見たことのある道具の名前が飛び交っている世界だ。

うん。

この世界は昔やっていたゲームの世界っぽい。

どっちが先でどっちが後だとか、そんな小難しい話をする気はない。

僕が日本にいた頃にやった記憶のあるゲーム。

国の名前が『フランメシア王国』で、僕が住んでいる場所は『オルト領』である。ぶっちゃけこの辺の名前は憶《おぼ》えてなかった。

でも別口の知識のおかげで、ゲームの世界だとわかった。

ゲームの名前は『ユージンの奇跡』だ。

主人公であるユージンが仲間と共に、人類の滅亡を目論《もくろ》む魔王を倒す王道のコマンドＲＰＧ。

これに気づいたのは僕が四歳の頃。つまり最近のことだ。

最初は気づいてなかった。でもお母さんが話してくれた昔話、『英雄ユージン物語』を聞いて僕は思い出したのだ。

登場人物は、英雄ユージンと、幼馴染《おさななじみ》で使徒のミルファ、元スラムの子供で賢者のガトムズ、そして伯爵家の三男である騎士のバルムンク。あれ？　四人？　六人じゃなくて？

四人が魔王を討伐し、世界を魔族の脅威から救った伝説をお母さんが語ってくれたのだが。

エルフのマーニャと、虎獣人のジョズはどこいった？

多少内容の違いはあったけど、大筋のストーリーと登場人物が『ユージンの奇跡』だったわ。

つまりここは『ユージンの奇跡』の世界なんだろう。

しかもエンディング後。さらにそれは二百年以上前に終わったことらしい。

これに気づいた僕は、こう思った。

え？　何すればいいの？

だってユージンたちはすでに魔王を倒してるわけだし。

魔王が倒されたことにより、魔族も姿を消している。

魔物はいるらしいけど、生きているものは見たことない。調理済みのものなら見たことあるけど。

僕が知っているのはこの家のことだけでしかないけど、少なくとも魔物に襲われるような危険なイベントはまったく起きていない。

国の統治もしっかりしており、騎士や冒険者と呼ばれる職業の者たちが国の安全を守っている。

「しかし、油断はできないな」

ここがそのゲームの世界ということはだ、ⅡとかＮＥＸＴとか新とかＮＥＷとかの次回作の可能性があるわけだ。昔のゲームがリメイクされたり、時間が経《た》ってから続編が出るっていう話も珍しくはない。

「次回作の主人公に転生したのかもしれないしっ！」

次回作があったかどうかはわからないが、そう考えると幼い今のうちから世界について知り、力を蓄えておくべきだろう。

わざわざ転生なんかしたんだ、主人公ではないかもしれないけど主人公の仲間の可能性もある。

前作の魔王のような強力なラスボスがいるかもしれないので、今のうちに強くなっておいた方がいい。昔のゲームは全滅プレイが当たり前だったからだ。

「とてもじゃないが油断できない」

危険な目になんか遭いたくないし、痛いのもごめんだ。

ゲームの主人公や、キャラクターに転生したであろう僕は油断できないのである。

僕はそう覚悟をし、今日も異世界で力を蓄えるべく、日々を過ごすのであった。


「ジル様、起きてくださーい」

「……はぁい」

朝、メイドのマオリーに起こされ布団から顔を出す。

「ジル様、おはようございまーす」

「うん」

彼女は僕の家、オルト家のメイドである。

茶色く長い髪で、胸が大きいメイドである。

繰り返し言うが、胸が大きいメイドである。

「アーカム様とミレニア様はもう起きてますよ」

「はぁい」

アーカムは僕の父、アーカム＝オルト子爵。この辺りの土地を管理するいわゆる地方領主だ。

ミレニアは母、ミレニア＝オルト子爵夫人。

それと今は家を出ている兄のミドラード＝オルト。王都で貴族の学校に行っている。騎士になるために修行中だそうだ。

「ん、着替える」

「はい。二度寝はダメですからねー？」

「わかってるー」

ベッドから下りて寝間着から着替える。こう見えて四歳の僕はもう一人でお着替えができるお年頃だ。

「ジル様」

「はい？」

「……ちゃんと起きてますね。大丈夫ですね」

「う、うん。顔を洗ったら食堂に行くから」

「こちらでお待ちしまーす」

「はぁい」

ちゃんと起きるから信用してほしい。

マオリーの監視のもと無事に着替えて、顔を洗い食堂に入る。

「おはよう」

「「おはよう」」

ぽてぽてとお母さんに近づいていくと、僕を軽く抱きしめて頬《ほお》にキスをしてくれる。

「今日も可愛いわ」

「おはよう、お母さん」

「はい、おはよう」

上手に挨拶できましたと頭を撫《な》でてくれる僕のお母さん。燃えるような赤い、ウェーブのかかった腰まで伸びた髪を持つお母さん。見た目は二十代。とても二児の母とは思えない若い彼女だが立派にお母さんをしている人。

「なあに？」

この朝の挨拶を忘れると一日不機嫌になるので気をつけなければならない。

「なんでもない。お父さんもおはよ」

「おはよう」

お父さんは金髪碧眼《へきがん》の王子様ルックだ。でも年相応の貫禄《かんろく》も持っている。なんと驚きの領主様だ。

でも家の中でも帯剣していてちょっと怖い。

あと朝に弱いから、今はちょっとお顔が怖い。

「今日もしっかり勉強しなさい。職業の書を得るためにも、多くの知識を持っているべきだ」

「はぁい」

職業の書。

ＪＯＢを人間に与えることができる専門書である、マジックアイテムだ。

『ユージンの奇跡』はＪＯＢを切り替えて攻略していくゲームだった。ＪＯＢの入手方法は変わ

らないらしい。

「大丈夫よあなた。ジルちゃんはお勉強が好きだもの」

「本は好きだよ？」

貴族の子供だからか、家の外に出て遊ぶということがない。

勉強というか、本を読む以外やることがないのだ。

しかし今のうちにこの世界の地理や国同士の関係など、ストーリーが始まったときに有用となる知識を得ておくべきだと思っている僕にとって、本は大切な情報源だ。

子供ボディのせいで長時間本を読んでいると眠くなってしまうが、そこは仕方のないことのはずだ。

決して僕に集中力がないということではないはずっ！

「そうか。頑張りなさい」

「はぁい」

ちゃんと返事をしているつもりなのに、どうにも間延びした返事になってしまう。

こういう部分が少し情けなかった。

魔法を試せる環境ではなかった

午前中の勉強の時間を早々に終わらせる。

元日本人である僕からすれば、文字の読み書きを覚えて歴史と地理と神話の勉強をクリアすればあとは算数だけだから問題ない。

日本にいたときの歴史はあまり好きじゃなかったけど、この世界の歴史は神話と紐《ひも》づけられているものが多くて物語のようになっている。そして神話は単純に面白い。

この世界、神様が実際にいた痕跡がいっぱいあるようだ。

今日はお父さんが家におらず、お母さんもお父さんと一緒に外に出ていた。

まあ屋敷の二階の窓から見える役場に行っているだけなのだが。

うちは子爵家だけど、領地自体は大きくない。

領地の歴史は長く古い土地だけど、特産品が少ないせいかあまり裕福な貴族ではないのだ。だから使用人も多くないのでこっそり地下に行っても見つからない……と、思う。

「ひっひっひっひっ」

うちの屋敷には秘密がある。

ここはゲームの主人公であるユージンの住んでいた村を管理していた貴族の家だ。

まあ僕がその血を引いているとかの話ではない。父はもともと王都の貴族だが、なんか色々功績があってこの地を屋敷と一緒にもらったらしい。

細かくは教えてもらっていない。そのうち教えるわとお母さんが言っているが、どうにも歯切れが悪いのが気になる。

貴族は才能がある領民にＪＯＢを与える役割を持つ。

自分の領地を発展させて、人々の暮らしを守るのが領主の基本的な仕事だが、領内にいる民の中で適性のある人間にＪＯＢを与えることも大切な仕事だ。

ここはゲーム内でユージンに職業の書を与えて戦い方を教えた始まりの場所。

つまりチュートリアルを行った場所だ。

僕がこの地に生まれたのはなんという幸運だろうか。

「多分この辺だろうなーっと」

地下には領主が職業の書を人に与えるための祭壇がある。これは他の街の領主の館《やかた》にもあるものだ。少なくともゲーム内ではそうだった。

だがここはゲーム内ではチュートリアルの場。つまり職業を与えられたユージンを鍛えるためのすべてが揃《そろ》っているはずだ。二百年以上も前のことらしいけど、祭壇は昔のままだった。今まで保全してあったことがすごい。

まあとにかく『チュートリアルダンジョン』だ。

ここは主人公のユージンが戦士として、ミルファが神官として最初の一歩を記した場所。

すべての職業の説明を受けたうえで、どの職業になるかを選択する場所でもある。

そう。最上位職以外の職業が体験できる場所だ。

僕がゲームとしてやっていたとき、ユージンは主人公だから戦士にしたし、最初は回復アイテムで進めるのがいいと思っていたので、ミルファを魔術師にした。

最初に戦士は得意武器を、魔術師は自分の属性を選ぶのである。

「あった！」

祭壇の裏手にあるレンガの壁。

そこの壁には秘密がある。

柱の近くのレンガが一つ取り外せるようになっており、そのレンガを取って別のレンガに押し当てると扉が現れるのだ。

スキップできないムービーで、当時の領主が説明しながら開けてくれたから覚えていたのだ。

このレンガのギミックはチュートリアルダンジョンのギミックの一つだが、劣化は起きていない。

魔法のように――おそらく魔法だろうけど――音もなく白い扉が現れた。その扉を開けると、まっすぐ続く通路。そして階段。

本来であれば真っ暗なのであろうが、ここはすでにダンジョンだ。壁がうっすらと光っていて視界も良好。

小躍りしそうになる気持ちを抑えて、足早に階段を下りると、大きな広場に出る。

地面がむき出しの、運動場のような場所だ。

四方の壁沿いに、最初に選択できる職業の武器などが並べられている。

戦士は剣や盾、斧《おの》に槍《やり》にナイフ。

魔術師は魔導書と両手杖《づえ》、ナイフ。それと魔法の属性を手に入れるための属性結晶。

弓士は短弓と長弓、ナイフとそれぞれの矢。

シーフは短弓とボーガン、ナイフ。

神官は片手杖と両手杖、癒《いや》しの書と守りの書だ。

それぞれがこの中から好みのものを選んで、最初のチュートリアルが開始される。

もちろんこれ以降の冒険で手に入れたものを扱うために変更も可能だ。というか重複して使うこともできる。

「むひひひひ」

それぞれの職業選択を別の場所で行うため、カウンターが設置されている。

僕はそのカウンターの一つ、魔術師になれるカウンターに行く。

ゲームの主人公とかであれば剣を使える戦士を選ぶべきだろうが、せっかくのファンタジー世界だ、魔法が使いたい！

本来だったらここには人がいるのだが、今は誰もいない。ゲームではカウンターの前に立つだけで受付の人が魔術師の説明を始めるが、誰もいないので何も始まらない。

カウンターに回り込んで、その中を覗《のぞ》き込む。

そこには六冊ほど本が置いてあった。

魔術師になれる職業の書『魔術師の書』だ。

にんまりする口元を抑えられない僕だが、周りには誰もいないので問題ない。

これを手に取る。

「どう使うんだろ」

ゲームであれば『使う』を選択すれば、『魔術師になりますか？』と出てくるだけだった。だがゲームではないので、わからない。

カウンター内にあった椅子に座って、膝の上で本を開く。

「ふむふむ」

魔術師とはなんぞや、とか書いてある。

本の厚さの割に内容が薄いな。そう思いながら読んでいると、自然と自分に職業が定着していくのがわかる。うっすらと本も光っている気がする。

魔術師がどのような経緯で生まれたのかが書かれていたり、勉強の時間に教えてもらった神話も一部記載されている。

最後まで流し読みし、本を閉じる。そうすると魔術師の書は光を失う……これも十分なファンタジー現象だよね。

本自体はなくさないで保管しておかないといけない。別の職業になった後、戻るのに必要だからだ。

とにかく、なんとなく職を得ているなっていう謎の感覚が確信に変わった。

僕は今から『魔術師』だ！　カウンターの中には他にも色々と置いてある。

魔術師が装備できる魔導書や杖、ナイフだ。

特に目立つのが、目の前に輝いている属性結晶。

この中から一つ選んで、魔法の系統を決めるのだ。

僕は迷わず水の属性結晶を手に取る。これも使い方がわからない。

とりあえず、属性を得たいと願う。

そうすると属性結晶が手の中で小さくなって消えた。

これでもう使えるのかな？

使えるとしても、まだ初級魔法のウォーターボールしか覚えていないはずだ。

でもゲームとは違う。

僕は手のひらに視線を向け、魔術師になったことでわかるようになった体内の魔力を少しだけ動かす。

「水、水、みず」

僕の小さな手のひらに、とても小さな水の玉が浮かび上がった。

「これが、魔法……」

すごい！

感動した！

やっぱりファンタジー世界！　こうじゃないと！

属性は各種属性結晶を入手すれば増える。しかしその属性結晶はゲームではボスモンスターのドロップだったり、ダンジョンの宝箱から出るくらいでほとんど手に入らないものだ。
賢者……最初は賢者じゃなかったが、ガトムズは初めから火属性と空間属性の才能があったが。
とにかく貴重品である。

そうなると気になるのが他の属性結晶。

カウンターの後ろには他の属性結晶がいくつも並べられている。

ゲームでは一つしか選べない。

二個目を取ろうとすると、受付の人に『コラコラ、欲張っちゃいかんよ』と注意されて取れない。

しかしここは無人だ。

邪魔をする者は誰もいない。

「……二つ目ももらえたりする？」

もしかしてと思い、風の属性結晶を手に取る。

取れた！

「マジか！　中盤のダンジョンまで行かないと新しい属性結晶を取れないのに！」

最初は攻撃力の高い火か、汎用《はんよう》性の高い水を取るのがセオリーだ。

しかし水も取れて、風も取れて、それぞれを使うことができた。

じゃあ残りの火ももらおう。

「おお、すげえ！」

しかもここには基本属性以外の属性結晶もある。

中位、上位属性結晶だ。

この辺りのものは、最初は選べない。こんなものもあるよって教えるためだけに並べられているんだけど。

「取れちゃった」

無属性は念動や浮遊などの魔法。空間属性は転移や砕空といった魔法の習得が可能で、ストーリーの終盤にならないと手に入らない。

氷や雷、地などは中級。これも物語の中盤以降や、後半に差し掛かるくらいにならないと手に入らない。まあいらないものもあるけど。

無属性がないと属性魔法に強い魔物が出てきたときに苦戦する。空間魔法はダンジョンから一瞬で帰還したり、即座に別の街に飛んだりできる魔法を使えるのだ。まあ主人公勢の中に初めからその辺の魔法を覚えられるガトムズがいたけど。

「ま、今の僕じゃ使えないだろうけどね」

空間魔法は『く、ＭＰが足りない』と言われるだけな気がする。

「まあストーリーの終盤に行けるようになるダンジョンじゃないと取れないから……ラッキーってことで」

すべての属性結晶を確保し吸収。これで苦労せずに全属性を入手できた。ゲーム内ではほとんど使われない属性もあるが、念のため入手。

にやける顔が収まらない。

そして次は武器の入手。

初期で手に入る魔導書はＭＰ回復を促進する効果が付いている。

ナイフは単純に攻撃をするためだ。

「お、重い」

杖ももらおうとしたけど小さな体の僕じゃ、両手を使わないと扱えない。魔導書とかナイフで手いっぱいだ。

それじゃあＪＯＢを上げるとしよう。

「ステータス！」

うん。わかっていた。こんなことを言っても画面も何も出ないって。

もとがゲームの世界だからと、ステータスとかメニューとかは既に試していたんだ。ネットゲームじゃないのにログアウトとかも叫んでみたりね。もちろん何も起きない。

ＪＯＢを得たから出てくるかなとか思ったけど、やっぱり出なかった。

「おーけーおーけー、わかっていた。次だ」

ゲームでは次は領主様や兵士からお使いを頼まれて、お使い以外のことをする。

街の外にも出て初めての戦闘のパートだ。

でも、いないのでスキップ。壁のレバーに目を向ける。

「ふぬー！」

届かないので近くに置いてあった木箱を運んで台にして、重いレバーを力いっぱい下ろす。

そうすると、壁の格子が上がり二匹の魔物が顔を出した。

「スリムスポアだ」

チュートリアルの最後の説明で出てくる魔物だ。細身でにょろにょろと動く、赤い傘を頭にのせたキノコの魔物。

十匹倒すとＪＯＢレベルがぴったり1上昇するのである。また、同種討伐ボーナスの説明を受ける魔物でもある。

「まだ満足に魔法も使えないからね」

お母さんの説明だと、魔法を使いすぎると頭が痛くなるらしい。

こんなところで一人で頭痛に悩まされるのはしんどいので、ここはナイフで勝負だ。

「てやー！」

僕の腰くらいの大きさで、動き回らないスリムスポア。チュートリアルダンジョンに相応《ふさわ》しい、反撃をしてこない素敵な魔物だ。

十回ほどナイフで刺すことで、一匹倒すことができた。

続いて二匹目も倒す。

「よし、あと八匹こいやーっ」

二匹倒してしばらくすると、再び二匹現れたスリムスポアを倒す。

途中疲れたので休憩をはさみつつ、なんとか十匹倒してＪＯＢポイント10入手。これでＪＯＢレベルが1上がっているはずだ。

ナイフもそこそこ重いし、何度も刺し続けて疲れた。

今日はもう部屋に戻ろう。レバーを戻して格子を下ろし、下りてきた階段とは別の出入り口に向かう。

そこには転送魔法陣が用意されてあり、それにドキドキしながら乗る。

出た場所は屋敷の外だが敷地の壁の内側。昔は何もない場所で今は薪《まき》小屋の裏にあたる場所に転移できた。


「ジルちゃん」

薪小屋の裏から庭を回って玄関に戻ろうとすると、母に出くわした。ちょうど外から帰ってきたところのようだ。

お母さんだけでなく、お母さんの専属のメイドさんの犬の獣人のシンシアと僕の専属メイド、マオリーも一緒だ。

「お外で何をしてたの？」

「えっと、えっと、ひみつ！」

「そう、ママにも秘密なの？」

「えっと……うん！」

子供スマイルで誤魔化すのだ。

「今日は何してたの？」

「ご本を読んでた！」

「そうなの？　偉いわ」

そう言って僕の頭を撫《な》でてくれるお母さん。

こんなお母さんを心配させるわけにはいかないから、あまり長時間チュートリアルダンジョンにはいられない。

そもそも今日みたいに僕の周りに人がいなくなること自体が多くない。

「今日はお仕事終わり？」

「ええ、お留守番ご苦労さまでした」

「うん！」

お母さんも貴族家の一員だ。父の仕事を手伝うために外出することは珍しくない。ただ今日のようにマオリーまで連れて外に出るのは珍しいことだった。ほんの二時間程度だったが、その間僕が一人になれたのは、少なくとも自由に屋敷内を出歩けるようになってから初めてだった。

こういったチャンスがないと、チュートリアルダンジョンでスリムスポアを倒すことができない。ストーリーがいつ始まるかわからない。もしかしたら鬱《うつ》展開スタートの可能性だって考えられるのだ。

何かしら対策を練って、早めに力を手に入れないといけない。


「さて」

夜になる。

ファンタジーな世界だ。夜の屋敷は暗い。

トイレの近くなんかは灯《あか》りを生み出す魔道具が置かれているから明るいが、僕の部屋や廊下は真っ暗である。

カーテンを少し開けると、月明かりが差し込んでくるのでその方が明るいくらいだ。

「習得した魔法を試したいけど」

子供な僕だが、あまり時間はない。

朝起きてから午前中は基本的に母やマオリーと一緒にお勉強の時間だ。

文字の読み書きや算数、歴史や地理を学ぶ。

算数は早々に片付けたので、黙々と本を読み続け書き写したりする時間ともいう。子供ボディな僕は字が綺麗《きれい》ではないので練習が必要なのだ。

午後は自由だから基本的に暇なのだが、やはりお母さんかマオリーがいる。

お母さんやマオリー以外にも、大人は少ないけどいるのだ。それらの目を掻《か》いくぐって授職の祭壇に行くのは難しい。

少なくとも今まではそんな隙《すき》がなかった。

でも今はお父さんとお母さん、お父さんの執事兼騎士のレドリック、メイドのマオリーとシンシア、ファラが出かけていったのだ。大人は料理人兼雑用係のロドリゲスだけだったので自由に動けたのである。

「まず、チュートリアルダンジョンまでたどり着かないといけない」

僕は神経を集中させて、覚えたばかりの探知魔法を広げる。

探知魔法はゲームではほとんど使っていなかった。

シーフ系列の職がいればそちらがＭＰ消費なしで使えることがほとんどだし、弓士の技能にも敵の感知がある。

メリットは斥候系統の職よりも広い範囲を調べられること。

また相手の強さが目で確認せずにわかることだろうか。

デメリットは魔力を消費し続けることだ。

属性結晶を複数吸収できれば消費ＭＰを抑えることができるようになるが、そもそも探知の属性結晶を含めて属性結晶はあまり数が多くない。

ストーリーの進行中に、限られた展開で植物か探知の属性結晶を選ぶか、ラストダンジョンの宝箱で手に入れるかである。僕は植物の属性結晶を選んだし、ラストダンジョンで手に入れる頃にはもう斥候職が育ちきっているので、わざわざ探知を魔法で行う必要がなかった。

「一人廊下を歩いてて、執務室にいるのはお父さんかな？」

屋敷の離れに使用人たちがいると思うが、そこまで探知は届かないようだ。

お母さんたちの部屋は近い。

お父さんが起きており、多分執事兼騎士のレドリックが廊下を歩いているのだろう。

「無理そうだな」

授職の祭壇に行くには廊下を通って地下に向かわなければならない。

日中は別に問題ないが、夜に出歩いてたら部屋に戻されてしまうだろう。

トイレは一階だからトイレに行くと言えば問題ないだろうけど、トイレから戻ってこないのは異常だ。絶対に心配をかけて、下手な言い訳をしたら叱《しか》られる。僕は怒られたくないのだ。

「むう、仕方ない」

授職の祭壇に向かうのはやめて、魔法の訓練を行おう。

「火は危ないし、水は……お漏らしとか思われたらいやだ。それ以外かな」

僕はまず風の魔法を使って、空気をくるくる回す。

ゲームでは魔法の種類は固定だったが、ここはゲームじゃない。

チュートリアルダンジョンで水の魔法を試したように、イメージを込めて魔力を動かせばそれが魔法になるのだ。

ＪＯＢを持たない者でも簡単な魔法なら扱えると本に書いてあった。その話をお父さんにするとお父さんもそうだなと言っていたので、一般的な知識なのだろう。

つまり明確なイメージを持って、魔力を込めればそれは魔法になるのだ。

「あと、空間の魔法も」

ゲームではガトムズは仲間になったとき、レベル1だが空間魔法である『収納』が使えた。レベルが上がるごとに収納できる量も増えていったのは魔力の量に関係していたのだろうが、レベル1でも使えるのであれば、そこまで難易度の高い魔法ではないのではないかと推測される。

まあ空間の属性結晶自体が、後半のボスの取り巻きを倒さないと入手できない貴重品だったからアレだけど。

「収納」

僕は魔法を使い、部屋にある羽根ペンを収納場所の中にしまう。

できた。

空間が歪《ゆが》んで、そこに物を収納することができた。

取り出すことも。

「……これは、便利、なのか？」

どうだろうか？

遠くに物を運んだりするには便利かもしれない。まあ今のところ僕にはそんなことをする予定がないけど。

「うーん」

あっさりできてしまった。

どれだけ物を入れられるかわからないのが難点だな。
あとゲームと違って中に何が入っているのかわからなそう。
何を入れているかとかの項目が空中の画面に出てきたりするわけじゃないからだ。
「できないよりはいいか」
次は念動魔法を試すことにする。
収納から出した羽根ペンは、問題なく動かせる。
次にベッドにある枕。
持ち上がる、そして動く。
布団、いけるな。
「あまり重い物がない、ね」
部屋には机と椅子とタンス、それにベッドくらいだ。
極端に軽いか極端に重い物しかない。とりあえず動かせるから問題ないかな。
「はふ、眠いや」
昼寝をしたとはいえ夜だ。
無理はよくない。
布団にもぐり込んで、目を瞑《つむ》る。
すぐに睡魔が襲ってきた。
おやすみ。

部屋の中でできる魔法の訓練を行い続けること数日。

どうやら少しは慣れてきたらしく、魔法の発動がスムーズになってきた。

ゲームだとＪＯＢの数値は『ダンジョン内にいる敵を倒したとき』か『ＪＯＢ関係のクエストをクリアする』か『町や村で休んだときに、訓練を選択する』ときにしか上昇しなかった。

恐らく訓練を選択したのと同じように、僕の訓練がＪＯＢの数値を上昇させたのであろう。

まあゲームらしく最初は上がりやすくて後半は上がりにくいんだけど。

そんなことを感じつつ、日々を過ごしているとチャンスが舞い込んだ。

お父さんは今日、家を空ける。

お母さんも一緒だ。

レドリックにマオリーも一緒に出かけるらしい。

なんでも領内に魔物が出たそうだ。

とうとうストーリーが始まったのかもしれない。まだ実力の足りない僕は不安になる。

「危なくないの？」

「危ないから、行くんだ」

お父さんに聞いたら、朝だからか仏頂面で答えてくれた。

「ミレニアは回復魔法が使える高司祭のＪＯＢと攻撃魔法が使える魔法使いのＪＯＢを修めているから連れていく。お母さんがいなくても大丈夫だな？」

「うん」

てかお母さん、神官系の最上位職持ちなうえに魔術師の二次職だったんだ。何気に能力高くない？

「奥様、こちらを」

茶色い髪の凛《りん》としたレドリックは、普段は執事服だが今日は金属の胸当てや脛《すね》当《あ》て、籠手《こて》などを装備した騎士のいでたちだ。

お父さんも騎士っぽい服だが鎧《よろい》は装備していない。いつも通り剣を腰に下げているだけだ。

お母さんも普段のデイドレス。とても戦いに行く姿とはいえない。

そこへレドリックが二本の杖をお母さんに渡した。

三十センチ程度の短い杖と、登山杖よりも少し長い杖。

「緑風《りょくふう》の杖」

「あら、知ってるの？」

「あ、えっと、本で。お母さんは風の魔法を使うの？」

思わず口をついて出てしまった。危ない危ない。

「ええ、そうよ」

短い杖はわからないが、緑風の杖は知っている。

風の魔法の攻撃力を上げる効果と、詠唱時間を短くする効果のある杖だ。風の魔法はもともと詠唱時間が短いので後者の効果はおまけ程度ではあるが。

「ジルは物知りね！」

「いっぱい読んでるから」

僕がそう言うと、お父さんが頭を撫でてくれる。

「いっぱい勉強をしておきなさい」

「うん！　お父さん、頑張ってね」

「ああ」

あまり表情の変わらないお父さんだが、こうして頭を撫でてくれる手はいつも優しい。

「ジル、いい子にしてるのよ？」

「はい！　お母さんも怪我《けが》しないでね」

「良い子ね」

いつものハグだ。名残惜しそうに僕を離すと、二人は屋敷の外で待たせている馬車に乗り込む。

「ロド、シンシア、留守を頼む」

「了解だ」

「お任せください」

レドリックが御者台に座り馬車を走らせる。

僕は手を振って彼らが見えなくなるのを待つと、屋敷の部屋に戻った。

「こうなったか」

「どうかなさいましたか？」

「ううん」

僕はリビングに戻り、一人本を読んでいた。

横にいるのはお母さんを担当しているメイドのシンシアだ。

彼女は犬の獣人。小柄で、茶色い髪と尻尾が特徴的な可愛《かわい》らしい印象の女性だ。

接点がないとは言わないが、あまり積極的に僕に関わってくる人ではない。

そんな彼女だが、リビングで僕の対面のソファに座り、編み物をしている。

僕が本を読んでいる中、最初は紅茶を出してくれたり、ひざ掛けを用意してくれたりしたが、そこからは動かない。

……監視されてる気がする。

「ジルベール様はあまり活発に動かれないんですね」

「マオリーと一緒にお庭で遊ぶことはあるけど、本を読んでるのが好きー」

体はともかく、頭は大人なのだ。たかだかかけっこやボール遊びで喜ぶなんて難しい。決してマオリーが本気を出してくれないから拗《す》ねているわけでもないし、本気というか、ちゃんと遊ぼうとするマオリーに勝てないのが悔しいわけでもないとはっきり言っておこう。

それにしても神話の物語や、歴史書は面白い。

この屋敷には本が多い。

悪いことをしてお取りつぶしになった以前の領主は伯爵で、その伯爵家が所有していた本などが屋敷ごと父に引き渡されたからだ。

ゲームの時代では領民想いで、人当たりの良いおじさんだったけど、その子孫はそうでなかったのかな？　それともゲーム時代の家系とは別の家系なのかな？　その辺はよくわからない。

「これなんて読むの？」

「『ゲイ・ボルグ』ですね。攻城兵器、お城や砦《とりで》を攻め落としたり大型の魔物を倒すときに使う大きい武器の名前です」

「ありがと。大人数で扱うから何かと思った」

「……わかるんですか？」

「お母さんやマオリーが教えてくれたから、大丈夫」

「そう、ですか」

そう言ったシンシアが僕のために書庫から持ってきてくれた本に視線を向ける。

絵本やおとぎ話の本が並んでいる。文字を覚えるときに既に読んだ本だ。

こういった簡単な本と、歴史書を両方持ってきてくれたから、僕が勉強として読む本を用意したうえで、難しいと言ったら簡単なのをすぐ渡せるように準備をしてくれていたのだろう。

「ジルベール様はお勉強が好きなんですね」

「んー？　勉強は嫌い。でも本は好きかな」

勉強ならば嫌いだ。

文字の書き取りは筆だから難しいし、羽根ペンはインクが途切れないように書くのがしんどい。

貴族家だから文字の美しさにはうるさいのだ。

　でも、歴史や神話は感覚的にはゲームのアナザーストーリーを読んでいる気分になる。ゲームの時に登場した武具や魔法、地名や国名が要所要所で使われているから面白いんだよね。

「なるほど、家庭教師がいらないわけですね」

「かていきょうし？」

　そういえばいないね。

「ミドラード様のお勉強の時にはいらしたんですよ？　でもジルベール様にはついてらっしゃらないので。ジルベール様が勉強を始める前は、雇うと奥様はおっしゃっていたのですけど」

「算数とかの？」

「そうですね。あと歴史と神話の先生もいらっしゃいました」

「お母さんが先生だよ？」

「ふふ、そうですね。でも来年には礼儀作法の先生を呼ばれると思いますよ？」

「お披露目の準備かな？」

　貴族の子はお披露目の儀式があり、それを終えて初めて公に紹介できるようになる。そしてそれまでは屋敷できっちり管理されて屋敷の外には出ない。

　正直、屋敷の中でしか生活できないのは辛《つら》いが、そこはこの屋敷にある膨大な量の本でなんとか誤魔化せている。

「そういえばさ、お父さんは騎士以外の職も持ってるの？　お母さんのは今日初めて聞いたけど」

「ええ、旦那様は戦士系統の最上位、騎士のＪＯＢをお持ちです。それと魔術師、魔法剣士のＪＯＢもあります」

「わお、お父さん強い」

お母さんが二つＪＯＢを持っている話をさっき聞いたところだが、お父さんは騎士を持っていることしか知らなかった。

魔法剣士は戦士と魔術師のレベルを上げると取得できる職で、いわゆる複合職の一つだ。

戦士、剣士、騎士の順に生育できるが、戦士の次は剣士だけでなく闘士も選べる。

闘士はＨＰ補正が高いし前衛なら持っているべき職だと思うんだけど、お父さんはそっちは持っていないらしい。

「旦那様は騎士団に勤めながらも冒険者として活動なさっていましたから。実力もあり信頼も厚い、とても優秀な方でしたよ？」

「そうなんだ？　じゃあレドリックも？」

「レドリックは騎士だけですね。ロドリゲスは闘士を持っています。マオリーは特にＪＯＢを持っているわけではないですが」

「へぇ、じゃあシンシアは？」

「私は弓士と……ストライカー系を少々」

弓士は弓系統の二次職。ストライカーはシーフの二次職、その次はアサシンなんだけど？　なんか聞かない方がよさそう。

「みんなすごいんだね」

「もともと旦那様と同じく冒険者でした。旦那様や奥様とパーティを組んだこともありまして、そこで声をかけられたのです」

「そうなんだ!?」

お父さんは何かしら功績をあげたから、もともとの伯爵家から独立して子爵を授かったって話だ。

ああ見えて結構な年齢なんだよね。見た目はすごい若いけど。

そんな話をしていると、窓が叩《たた》かれる。

「鳥？」

「伝書鳩《でんしょばと》ですね」

「お手紙を運べる子でしょ？」

「ええ。旦那様からのお手紙でしょう」

シンシアは窓を開けて鳩を部屋に招くと、足に付いている環《わ》から手紙を素早く取り出す。そして部屋の隅に置いてあった鳥かごに鳩を入れて手紙を開く。

「魔物の巣を発見できたそうです。夜間の奇襲は行わないそうで、村で泊まるとのことですね」

「帰ってこないんだ？　そっかぁ」

喜んではいけないが、これで地下に行く時間が取れそうだ。

「ロドリゲスに伝えてきますね」

「うん。よろしく」

「すぐ戻ります」

言葉通りにすぐ戻るシンシア。そして勉強ばかりではと外に連れ出されることに。広いお庭でボールで遊び、それなりに汗を流す。

く、まだ一人になれないかっ！　普段よりも姿をくらましにくいよ！


「旦那様方は戻られないので、お食事はお一人になりますがよろしいですか？」

「別に三人一緒でもいいよ？　片付けるの大変でしょ」

「ありがとうございます。次の機会がございましたらそうしますね」

どうやら食事は一人で食べるらしい。

ロドリゲスが準備した食事は、普段と変わらないボリューム。ふわふわの白パンにスープとお肉。それとサラダに果物だ。

お父さんたちがいなくても手を抜くつもりはないらしい。

「ジルベール様は好き嫌いがないのですね」

「うん、野菜で嫌いなのがあるけど、食べられないことはないよ。せっかくロドリゲスが作ってくれたんだし」

とは言っても量はそれなりに多いからいつも残してしまう。なるべく一通り口をつけるようにしているんだけど、そもそも僕の子供ボディはそんなに食べ物を受け付けない。

給仕のために控えているシンシアは、僕の手が止まったタイミングで僕の好みを聞いてきた。

「好きなのはハンバーグとパスタかな。野菜は、実はトマトが得意じゃないんだよね」

「普段から食べられていますよね？」

「味が嫌いなんじゃないんだけど、口の中でぐちゅってなるのが嫌い」

生まれ変わっても食べ物の好みが変わらないっていうのはある意味発見だ。誰にも言えないけど。

ゲームの世界。そう認識しているこの世界だけど、食べ物は地球のものと基本的に同じだ。なんならお米もある。

あまり香辛料が使われていないので、味は塩味が基本。でもスープは出汁《だし》をとってるし、おかずなんかには下味がしっかりついているのでぶっちゃけ元の世界とそこまで大きな差は感じない。

新鮮な食材を多く使っているところと、ロドリゲスの腕がいいからむしろこっちの方が美味《おい》しいものが多いくらいだ。

「そうだったんですか」

食べ物チートはできないらしい。まあ料理なんて簡単なものしかできないけど。

「お母さんやマオリーは気づいてると思うよ。僕がトマトを食べようとするとこっち見るもん」

「それは、気づかれていますね。間違いなく」

「うん。あと定番だけどピーマンも苦手」

「苦いですものね。私たち犬の獣人もピーマンは得意じゃないです」

そうなんだ？

「でもそれって種族的な好みでしょ？　僕の場合はそうじゃないから、なるべく食べるようにしてるんだ」

「次からロドリゲスに、もう少し細く切らせるなりいたしましょう」

「それは助かる。すごく助かる」

子供の舌だから、やっぱりピーマンは苦手。

「お野菜でお好きなものはありますか？」

「今日だとキュウリとブロッコリー、スープに入ってる葉物野菜も好きかな。名前わかんないけど」

「ロドリゲスに伝えておきますね。ジルベール様はまんべんなく食べるからお好みが読めないと言っていましたから」

「どうせならロドリゲスの料理は好きって言っておいて。だからこいつも……できれば料理してって」

そう言いながらスライストマトにフォークを刺して、一口、二口と食べる。口元で一瞬止まるのは許してほしい。

子供ボディの僕は丸のみが得意ではないので、もぐもぐと噛《か》んで飲み込んだ。

「ごちそうさまでした」

「はい、少し休んだらお風呂に入りましょう」

「はぁい」

「一人で脱げるよ？」

「存じております」

脱衣場での一コマである。

お母さんやお父さん、あとマオリーと入ることもあるが、僕は一人でお風呂に入れる子供だ。

知っていますと言いながら、脱衣所までついてきて僕の服を脱がせるシンシア。綺麗に素っ裸にさせられると、シンシアもエプロンやらを外しだす。

「一人で入れるよ？」

「ええ。そうですね」

シンシアがそう言いながら、メイド服を脱いで下着姿になる。

尻尾用の穴があるスカートを脱ぐときって、お尻を突き出すんだね。

そんなことに感心しつつも、僕の目の前でフリフリ振られる犬の尻尾と可愛いお尻を見る。シンシアは結構着やせするタイプらしい。マオリーのような巨乳キャラではないが、くびれがしっかりしていてとても魅力的な体つきをしている。

僕の視線を気づいてかどうか、シンシアは僕の服を綺麗に畳んで自分の服も畳み、下着をするりと外す。

「さ、入りましょう」

「一緒に入るんだね」

「今日はそうしてください」

シンシアがバスタオルで体を隠しつつ、僕の手を握って浴場に移動。

貴族の屋敷のお風呂ではあるが、別に大きい銭湯のようになっているわけじゃない。日本の一般家庭と比べると、もちろん広いし大きいけど、あくまでも一般的なレベルの範疇《はんちゅう》だ。

「お流ししますね」

「お願いします」

子供ボディの僕がシンシアに欲情できるわけでもない。でもいつまでも眺めていると変態キッズの称号をもらってしまうので、大人しく流されて洗われることにする。

「かゆいところはございませんか？」

「だいじょうぶー」

頭のてっぺんから足の先までなされるがままに、バスタオル一枚の女性に洗われる僕だが、今回が初めてというわけではもちろんないのだ。

お母さんにもマオリーにも洗われたことがある。もう慣れっこといえば慣れっこだ。

そのままシンシアはバスタオルを取り、自身も洗う。

「尻尾、洗う？」

「ジルベール様、女性にそんなことを言ってはいけませんよ？」

「？」

獣人特有のルールがあるのだろうか？

僕が首を捻《ひね》っていると、シンシアが苦笑いしながら自分の尻尾をブラシで丁寧に洗っていく。

シンシアは僕を抱き上げたまま浴槽に足をかけて、そのまま僕を抱えて入浴。

安定感がすごい。

「はー」

「良い湯ですね」

「うん」

シンシアのお腹の上にお尻をのせつつ、足を伸ばして後ろに体を預ける。

胸が後ろでムニュムニュしているのがわかったりわからなかったり。こいつはなかなかのものをお持ちの様子。

「やっぱりちょっと恥ずかしい」

「そうですか？」

「うん。シンシアは可愛いから」

「ありがとうございます。でもマオリーとも入りますよね」

「マオリーも綺麗だから恥ずかしい」

ちょっとお腹をつねらないでほしい。

「……シンシアも、綺麗だから恥ずかしい」

「よくできました」

この後、数を三十まで数えてお風呂を出た。

脱衣所に備え付けてある、パーマをするときに薬剤を付けた髪を温める機械みたいなので髪を順番に乾かす。ドライヤーは小型化されていないのだ。

尻尾はダメらしいけど、髪はおっけーらしいのでシンシアの髪を梳《と》かすと頭を撫でてもらった。褒められるのは単純に嬉《うれ》しい。

そんなこんなで湯冷めしないように部屋に移動である。

今日は一日シンシアの監視が付いていた。まあシンシアは監視ではなくお世話のつもりだろうから、本ばかり読んでたら外に出ましょうと言ってお庭で一緒にボールで遊んでくれたり、虫や花のことを教えてくれたりもした。

前回より熱い戦いができたと言っておこう。

お父さんやお母さんがいないときに僕が怪我をしたりしたら大変だから、ずっと僕についていたんじゃないかなと思ってる。

そして寝る時間。

「どうなされました？」

「えっと、シンシアは何してるの？」

「こちらに控えております。ロドリゲスの手が空いたら交代しますのでゆっくりお休みください」

僕の部屋にまで乗り込んできてしまった。

「一人で寝られるよ？」

「存じております」

「ならいいけど」

子供扱い。実際に子供だったけど。

マオリーはそこまでしないが、それでも僕が寝る直前まで部屋の近くにいるのと同じなのかもしれない。

さすがにベッドの中に入ってはこないが、ベッドサイドに椅子を持ってきて腰かけている。

「シンシアは冒険者だったんだよね？」

「ええ、引退もしていないので、現役の冒険者ですよ」

「そうなんだ……ダンジョンって行ったことある？」

「はい、旦那様や奥様と一緒に行ったこともあります」

「すごいなー」

「でもダンジョンはあまりいい環境ではありませんよ？　魔物を倒しても魔石や体の一部しか入手できませんから」

「そっか、魔物から全身のお肉とかが取れないんだ」

「そうですね。ですが魔石を効率的に入手するために入るのがダンジョンです。逆に魔物のお肉や毛皮などを手に入れたければ、外で魔物の討伐を行います」

確かに。ゲーム時代だと武器や防具、薬の素材の入手をするために。そしてＪＯＢを上げるためにダンジョンに入るけど、こっちではＪＯＢを上げることよりも外の魔物を倒すことが必要だろう。

「ダンジョンだと手に入る部位が少ないもんね。それに外の魔物は街の近くに来たら倒さないといけないけど、ダンジョンの魔物はあんまり外に出ないもんね」

「その通りです。特に旦那様やレドリックは騎士団にも籍を置いておりましたから、よくご活躍を耳にしました」

　騎士団は治安維持や街道保持を目的に外で魔物を倒しているのだ。

「そっかぁ。何かお宝とか手に入ったの？」

「そうですね、ダンジョンには階層守護者という強い魔物がいるのはご存じですか？」

「うん」

　ゲームにもいた。ダンジョンにもよるけど、何階層かに一匹、ボスがいるのだ。こいつは倒すとレアドロップがあったりする。

「階層守護者は大きな魔石を持っていますので、それが特に高値が付きます。まさにお宝ですね。でも比較的倒しやすい階層守護者は人気なのでギルドで抽選したりしてますね」

「うわぁ」

　冒険者の人数が多ければ、確かに競合しそうだ。

「王都の近くのダンジョンは、五階層に階層守護者がいます。この魔物は学校の授業でも倒すらしいですよ？」

「授業の一環で倒されるボスって……」

なんとも可哀想《かわいそう》なボスだ。

「ええ。ですからそこにはギルドから出向している門番がおり、常に交代で階層守護者のいる階への入場を制限しています」

「えっと、ソードマンティスだっけ」

人間サイズのカマキリだ。手の鎌は両刃になっており、風の魔法も撃ってくる魔物。

ストーリーの序盤で入れるようになるダンジョンだからか、そこまで強くはない。

まあ実際に出会ったら漏らすかもしれないけど。

「この辺りにもダンジョンがあれば、領地はもっと豊かになるんですけど」

「え？　西にあるじゃん」

「……今なんと？」

「コボルドとかレッドウルフとかが出るダンジョン。あるよね？」

僕の言葉に、シンシアが目を丸くする。

「ないの？　本に書いてあったよ？」

これはゲームの時になかったダンジョンだから覚えている。その本を見かけたときは『へー、ダンジョンって増えるんだ？』とか気軽に思っていたもんだ。

「明日、その本をお貸しくださいね」

え？　もしかしてダンジョン見失ったとか？　それか無くなった？　そんなことあるの？

「以前の屋敷の本か。ジル坊、こいつはお手柄だぞ」

「えっと、そうなのかな？」

「ええ。ジルベール様、素晴らしい発見です」


翌日になり朝食を終えて、ロドリゲスの手が空くのを待ってから屋敷の地下の書庫に移動だ。

このお屋敷は書庫が大きい。

書庫の本棚から一冊の本を取り出す。

古いが、表紙がしっかりしている本だ。

それをシンシアと料理人兼雑用係のロドリゲスに見せる。みんなで読むので今度はリビングに移動だ。

「これが地図で、次のページから出てくる魔物や手に入る薬草なんかが書いてあるの。領都がここだから、ここに村があって、その先のここ」

「こんなところに村があったっけか」

「ないですね。誰も把握していないなんてありえませんし」

「村がないってこと？」

「昔の本ですから、今は廃村になっているのかもしれません」

「こりゃ調査が必要だわな」

ロドリゲスの言葉にシンシアが頷《うなず》く。

二人の中では解決したようなのでページをめくり、一階層の説明を見る。

薄暗い洞窟で、そこには兵士と比較した大きさのコボルドの絵が描いてある。結構上手。

「コボルドは基本的に素手で爪を振ってきたり噛みついたりしてくるって。時々武器を持っている個体もいるみたいだね」

説明文にはそう書いてある。

それと洞窟内には魔苔《まこけ》と呼ばれる魔力回復用のポーションや、怪我の回復用のポーション素材の赤傘キノコが取れる場所が書いてあった。

「結構詳しく書いてあるんですね」

「そうみたい。二階はレッドウルフだって。同じく洞窟だけど、一階よりも道幅が広いみたい」

ここにも魔苔や赤傘キノコが取れることが書いてある。

「三階はコボルドリーダーが指揮をするコボルドとレッドウルフの混成、コボルドリーダーは必ず剣か手斧《ておの》を持っている、と。四階は草原、ヒュージヒューマスポアに、ミルオックス！」

本を読み上げながらイラストを見たシンシアが驚きの声を口にする。

「この牛のこと？」

「美味しい牛乳を瓶ごとドロップするんですけど、その牛乳瓶はポーション瓶にも使われている便利な瓶なんです。保温の機能がありますので。中の牛乳よりも瓶の方が貴重で、いい値がつくんですよ。お肉も絶品です」

「そうなんだ？」

そういえばゲームではポーションとか結構安く売ってたけど、自作することもできた。空き瓶っていうアイテムに入れて作ってたけど、まさかこの瓶だったのか。

「一つ売れば高値になるお宝もいいが、アーカム様の統治のことを考えると、こういった消耗品が手に入るのはかなりでかいな。それに魔石も不足分を王都から買っていたが、ここで入手できるようになるのが大きい」

「魔石、足りてないの？」

「領都だけでも足りてないな。外の村なんかだと魔石の入手を諦めて魔道具を買わないくらいだ」

確かに。魔道具は魔石で動くけど、その魔石は消耗品だもんね。

お父さんが騎士や自警団を連れてたまに狩りをしてるけど、魔物を探すのも時間がかかるから大変だって言ってた。

今回も魔物を討伐に出かけているけど、お泊まりだし。

「五階はボス階層、階層守護者はワーウルフですか。残念ですね」

「まあそれなりの魔石くらい手に入るだろ」

「あんまりいい魔物じゃない？」

「そうですね、B級の冒険者ならソロで、C級でも三、四人いれば確実に勝てるかと」

「BとかCとか言われても……」

「あー、まあそこそこの戦い慣れている人間なら一人でも勝てるって話だ」

「なるほど？」

本に載っているワーウルフはゲーム内でも登場した魔物だ。確かレベル15前後くらいの時に向かうMAPのフィールドモンスターだった気がする。

倒しにくい敵ではなかったけど、クリティカルの発生率が高いので、HPが低い職が攻撃を受けると即死したりした。

僕が考えているより、今の世界の人たちは強いのかもしれない。

「六階はパペットマン。ウッドパペットと泥パペットだって」

「一気に難易度上がったな」

「ええ。そのぶん魔石はいいですよ」

パペットマンはゴーレム系統の魔物だ。斧やハンマーといった武器で攻撃しないと倒しにくい。泥パペットはさらに強敵とのこと、体が泥なので斬撃系統や刺突系統の武器では致命傷を与えにくいらしい。

「入手素材は光鉱石か。魔苔も継続して手に入るし、こりゃいいな」

「魔導ランプに使われてる石だよね？」

「そうです。比較的一般家庭にも普及している魔道具ですね」

「夜に明るいと色々便利だよなぁ」

「そのぶん起きている時間が長くなりますけどね」

「働いてる時間もな」

「夜はゆっくり休んでね？」

僕の言葉には苦笑いしか返ってこない。

「七階はパペットマンが泥だけになりますね。代わりにスライムが出るようです」

「スライムかー。トイレのやつだね」

「あれとは比較にならないほどデカイみてーだがな」

大人を丸のみできそうなスライムが描かれている。

スライムの対処方法だけこと細かに書いあるし、準備ができていないなら逃げるように注釈まである。

こりゃ強敵のようだ。

「スライムは泥パペット以上に物理攻撃が効きにくいですから」

「ここの階はあまり素材が取れないって書いてあるね。魔苔や赤傘キノコもほとんど入手できないって」

「スライムが食べてしまうのではないですか？」

「ああ、そういうこと」

「あいつらなんでも食うからな」

この大きさになるとかなりの量を食べそうだね。

「大きい分、壁や天井からの奇襲には気づけそうです」

「スライムが天井から落ちてきたら嫌だね」

「狭いダンジョンでは結構あるんですよ。敵発見能力を持たない人間はそういう階層に行くべきではないですね」

「こわぁ」

絶対に行きたくないね。

「八階は、ライドブッカーと自動人形ですか」

「ライドブッカー！　空飛ぶ本の魔物だ！」

「メインのドロップは魔導書の紙片です。空《から》の魔導書が入手できれば収入は見込めますけど」

「だが厄介だな。ここにきて魔法が飛んでくるようになるのは……しかし空の魔導書か、安定して供給できるならこの領の強みになる……というより、下手すれば冒険者たちが大挙して押し寄せてくるぞ？　こいつは金になる」

「厄介な相手ですが旨味《うまみ》はかなりありますね」

「あー、魔法かぁ」

ここにきて難易度が一気に上がったらしい。

「自動人形が前衛でライドブッカーが後ろから魔法を、ってなると最悪だ。どっちも知能が高い魔物だから連携もしてくるぞ」

「自動人形は見た目が人の魔物ですから。忌避する人もそれなりにいますしね」

自動人形は精巧に人に似せたデザインの魔物だ。

「ここはそれなりに敵が多いらしいので採取にも向かなそうですね。風花草《ふうかそう》が取れると書いてありますけど」

「外でもそれなりに群生している場所があるから微妙だな」

でも魔導書の紙片は欲しい。あれは魔法カードという魔力消費なしで魔法を放つ消耗品が作れるんだ。

空の魔導書も職業の書が作れるから、ゲーム時代には乱獲したものだ。

「九階はアイアンゴーレムですか。専用の装備が必要ですね」

「金属の塊だからな。ドロップは鉄のインゴットってのはおいしいが」

「ゴーレムがドロップするインゴットは精製されていますからね。良質な鉄が手に入るのはいいことです」

「この辺には鉄鉱山がないから助かるぜ。お、鉄鉱石や銅鉱石が採れる階層らしいな」

「荷物の運搬方法をうまく考えればかなりの収益になるかもしれません」

収納の出番だね！

「十階は階層守護者の部屋だって。ミスリルゴーレム、うわ、大きいし強そう」

「「ミスリル！」」

ファンタジー定番金属の登場だ。

「安定して倒せるようになればかなり稼げるな」

「ミスリルゴーレムを倒すには専用の部隊を組織しないといけません。道中のことを考えると大所帯になりそうですが」

ゲーム内でも中ボスとして登場した魔物だ。でかいし動きは遅いが、とにかく硬くてタフな魔物である。

魔法にも強いし状態異常もほとんどかからない。地道に削るしかないんだけど、とにかく時間がかかった。まあ対ゴーレム用の武器があれば短縮できるけど。

「十一階は、渓谷？　敵はワイバーンが群れでくるって」

「そりゃ無理だなぁ」

「本にもここで探索を断念と書いてありますね。ワイバーンのお肉は美味しいですけど」

ワイバーンは空を飛ぶ亜竜の一種だ。火を吐いて、爪や牙での攻撃や、その巨体での体当たりなんかをしてくる魔物。

ゲームと違って空の敵に簡単に攻撃できるわけじゃないから、かなり大変な戦いになりそうだ。

「渓谷って状況じゃなければ多少はいけたかもしれねーが。足元に気を使いつつ、魔物が空から群れで襲ってくるとか悪夢だろ」

ロドリゲスが唸《うな》りつつ、本の次のページを開く。

そこからはこれまで紹介されてきた魔物に対して、具体的にどう対処してきていたのか、どのような失敗があったかなどが記載されていたりした。手書きだから大変だっただろうなぁ。

「今回の魔物の出現位置とダンジョンの位置、それを考えると旦那様に報告した方がいいかと思われます。この本をお借りして、あの方に話を聞いてくるべきでしょうけど」

「確かにそれがいいな。アーカム様に報告するにしても裏付けがあった方がいい。レムラ婆《ばあ》さんとこか？」

「レムラ婆さん？」

物知りばあちゃん的な人がいるのかな？

「レムラさんはこの街に長く住んでいるエルフの占い師です。三百年以上この領に住んでいる方で、かの英雄ユージン様ともお話ししたことがあるという方ですよ」

「ほあー」

エルフは人間の五倍近い寿命がある種族だ。そういう人ならダンジョンがあったことなんかも知っているかもしれない。

「ですが、ジルベール様をお一人にしてしまいます」

「そうだな、対策しなきゃならん。少し時間をもらうぞ。屋敷の警備を見直す」

「警備？」

「シンシアが離れるとなるとな。オレもジル坊にずっとついてるわけにもいかない」

「ジルベール様、二時間から三時間ほどお一人で過ごしていただかなければならないですけど」

「別にいいよ。適当に本を読んでるから」

「ジルベール様ならお一人でも静かにお過ごしできるかと思いますが……」

「だな。でもジル坊はちっと元気が足りん」

「そうかなぁ？」

でもチャンスだ。またチュートリアルダンジョンに行けるタイミングが来た。

「昼の仕込みをして警備も見直す。行くのは午後にしてくれ」

「わかりました」

「でも警備を見直すって何するの？」

二人しかいないよね？

「屋敷の周りの巡回を増やすのと、門番に注意を促すんでさ。それと屋敷の周りだけじゃあなくてそれ以外の場所も」

「人の目が増えるだけで日中は抑制になりますから」

それはそうかもしれない。

「あれ？　でも魔物の討伐に出張《でば》ってるんじゃないの？　お父さんたちも出たくらいなんだし」

「兵士や自警団の者が全員出たわけではありませんから。兵士の中でも魔物との戦いに慣れている者を中心に出かけているのは確かですが、ある程度の人数は残っていますよ？」

「そっか」

「全員ＪＯＢを持っているわけじゃないしな」

「そうなの？」

「領民が中心だからな。相当に優秀じゃないと職業の書は使ってもらえんよ」

「ほへー。じゃあシンシアやロドリゲスは優秀だったの？」

「シンシアは男爵家の出だからだな。オレは冒険者だから自分で買った」

「買えるんだ」

「冒険者ギルドでな。ある程度の功績と金があれば買えるもんなんだよ」

「私も弓士のＪＯＢだけで残りは実費ですよ」

ゲームの知識があるから錬金術さえ使えれば最終職の職業の書も作れるけど、素材の入手がね。

「ロドリゲス。準備を」

「おう。了解だ」

リビングでくつろぐ時間は終わりらしい。巨漢のロドリゲスがソファから立ち上がって、ドアの向こうへと消えていった。

「では午前中はシンシアとお外で遊びましょう」

「うん！」

思いのほかハードな追いかけっこやボール遊びを楽しんだ。

疲れさせてお昼寝でもさせたかったのかな？


「ロドリゲスは、倉庫か」

僕は探知の魔法を広げて、ロドリゲスの現在位置を確認する。

お昼寝をすると言ったから、しばらく様子を見には来ないはずだ。

「でも時間を考えると、あんまり長くはいられないかな」

部屋から抜け出した僕はリビングに寄って、ロウソクを一つ取る。このロウソクは一度火をつけると一時間くらいで燃え尽きる。シンシアが出かけるのは二、三時間と言っていたけど、早めに帰ってくるかもしれないから用心のためだ。

ロドリゲスの現在位置を確認しつつ、素早く授職の祭壇に行き隠し通路に入る。

そしてまた素早く中に入って扉を閉めて、修練場にたどり着いた。

「さっそく火を、着火っと」

ロウソク立てを置く場所がないので、地面にそのまま置く形になる。

さっそくスリムスポアを倒そうと思ったけど、並べてあった、とあるものに気づいた。

「属性結晶が復活してる！」

属性結晶は自分に得意属性を作るアイテムだ。

これは一人でいくつも回収すると、その属性魔法の威力が上がるし消費魔力も軽減される。

迷わず全部を回収だ。

「おお、すごいすごい」

属性が得意属性になるということは、単純に魔法の使いやすさが上がるのだ。

「よし。今日は魔法を使ってみよう」

前回、ナイフで刺すだけでは効率が悪かったから、次は魔法を試すつもりだったのだ。

夜の訓練で、どれだけ魔法を使えばどのぐらい疲れるか、頭痛がいつぐらいにくるかも把握している。

「さっそくレバーを下ろしてと」

格子が上がると、やはり現れるスリムスポア。

視界に入るところに無属性魔法の念動でロウソクを動かして、準備だ。

「収納」

しまっておいた魔導書を地面に置き、その上に腰かける。

「コールドボルト」

僕がイメージしながら唱えると、先端の尖《とが》った氷の槌《つち》が空中に生み出されてスリムスポアを押しつぶす。

「むう、ちょっと大きいな」

ゲームだと威力は半固定だったが、僕のイメージで威力の増減ができるので調整をする。

「コールドボルト」

二匹目をよりスマートな氷の矢のようなもので倒す。

「アイスアロー」

再び現れたスリムスポアに、今度は手を向けて氷の魔法を放つ。

うん、さすが雑魚。すぐ倒せた。

普通の経験値こそ持っていないが、十匹倒せば必ずＪＯＢレベルが1上がる素敵な魔物を、次々と現れるたびに倒す。

「アローが安定かな」

座ったままの状態で、両手杖を取り出してさらに魔力を抑えて魔法を放つ。

「アイスアロー」

魔法を放って、出てくるスリムスポアを倒していく。

「次は、火。ファイアアロー」

熱いのは嫌なので、体から少し離れた場所に出現させて撃つ。

赤い炎の矢がスリムスポアを貫いて倒す。火のコントロールも問題ないようだ。

それでも何発か試していると、少し疲れてきた。

「おっけ、休憩」

お尻の下の魔導書はちゃんと仕事をしてくれているようで、魔力が回復していく実感が湧く。

うねうねとなまめかしく動くスリムスポアを見つめつつ、回復を待つ。

「遅いや」

ＪＯＢが上がれば回復力も上がるのだが、多分まだＪＯＢレベルは2。

たくさん倒さないとＪＯＢは上がらない。ＪＯＢレベルが確か5にならないと回復力向上は覚えないので、今日じゅうの習得は無理だ。

ロウソクの長さが半分以下になったところで、ある程度回復を実感したから今度は風を試す。

「エアカッター」

スパンッ！　と飛び出した風の刃《やいば》が、二匹のスリムスポアを一度に倒す。

「うわ、こわっ」

切れ味のいいかまいたちを想像して出した魔法だが、切れ味が良すぎた。

「これは危ないな」

でも今までの魔法も十分危なかったかな？

「それと消費が大きいな」

目に見えない風の魔法は、生成にもコントロールにも集中力と魔力が必要になるらしい。変なところでリアルである。

「一度に倒せるのは楽でいいけど」

でもあまり連発できない。

時間的にも魔力を回復させる時間が厳しい。他の魔法も試したかったけど、今回は消費が少なめなアイスアローで倒して終わりにするべきだろう。

「ついでに色々もらいたいしね」

収納を覚えたので、ここにある他の職になる職業の書や装備品をしまうつもりだ。

幸い空間の魔石も入手したので容量も増えたっぽいし。

「こういうのが感覚でわかるのは嬉しいな」

レバーを戻して格子を下ろし、外に残っていたスリムスポアを倒してから他の職のカウンターに向かう。

各種武器に属性矢、癒《いや》しの書などを入手したらカウンター内がほぼ空っぽになってしまった。

魔術師の職業の書は復活していなかったが残り五冊を入手。他の職業の書は六冊ずつ入手できた。

次来たとき、本以外は復活しているのかな？　楽しみだ。

ロウソクは火を消して放置。ロウソク立てだけ回収だ。

僕は転移陣に乗って外に戻った。

すぐに探知魔法を発動。ロドリゲスは厨房《ちゅうぼう》にいるようだ。

「寝よ」

なんだかんだ言って魔力を消費したし、日中シンシアと遊んだ僕の体は疲れている。

少しだけ頭痛もするし、子供ボディの僕はもう限界だ。

自分の部屋に戻るのも面倒になったので、リビングのソファに転がりこんで瞳を閉じる。

ふあ、おやすみなさい。


ひと眠りが終わると、外は若干暗くなり始めていた。食事まではまだ時間があるので、そのままリビングでまったりと過ごしていると、シンシアが帰ってきた。

お父さんたちと一緒に。

「おかえりなさい」

「ああ」

「戻ったわ。一人で大丈夫だったかしら？」

「うん！　お父さんもお母さんも怪我はない？」

「もちろん大丈夫よ」

お母さんが僕を抱き上げながら返事をしてくれた。お父さんを見ると、彼も頷いている。

「魔物ってどんなの？」

「コボルドっていう、二足歩行の犬の魔物だ」

「あれかぁ」

序盤の街、つまりここの周りでもともと遭遇する雑魚敵だ。ＪＯＢを得る前のユージンたちでも勝てる相手なのだ。最終職に到達している人間からすれば雑魚も雑魚だろう。

お父さんなんか突っ立って囲まれてもダメージを受けなかったんじゃないだろうか？

「知っているのか？」

「えっと、本で。強くないって」

「ふむ、その情報は正しくないな」

コボルドって強いの!?

僕が目を見張ると、お父さんが僕の顔を見て笑う。

「もちろん私やミレニアと比べたらかなり弱い。だが獣特有の鋭い爪と牙、そして一人に対して三匹も四匹もという数で襲い掛かってくる魔物だ。決して弱くはない」

「そうなんだ」

「ＪＯＢを持たない領民の、特にお前のような子供から見れば基本的に強い。それが魔物だ、覚えておきなさい」

「そうなんだ……そうだよね」

今は子供の僕が、僕よりも体の大きいコボルドを弱いだなんて言えるわけがない。思わず母を掴《つか》む力が強くなる。

「あなた？」

「あー、なんだ。それでも私たちが倒したから問題ない」

「ほんと？　いっぱい倒した？」

「そうだな。見える範囲ではすべて倒した、だがまだいるだろう」

「そうねぇ、あれほど繁殖しているとなると取り逃しが絶対にいるもの。冒険者か騎士を動員しないと厳しいかもしれないわ」

「そのコボルドのことで、ジルベール様から旦那様にご報告することがございます」

ん？　僕から？

「シンシア？」

「ジルベール様からご報告するべきです。こちらを」

シンシアが、僕が今日渡した本をテーブルの上に置く。

「足りない分は私が補足いたしますから。それにジルベール様なら上手にお話しできるはずです」

シンシアは澄ました顔だ。

お母さんに合図をして僕を下ろしてもらう。そしてテーブルを挟んでソファに座る。

お父さんとお母さんはテーブルに置かれた本を見ると、今度は僕に視線を送ってきた。

二人とも僕から話を聞きたいようだ。

「えっと、地下の書庫でこんな本を見つけたんだけど」

僕は訳もわからぬまま、シンシアやロドリゲスに説明したときと同じように話をすることにした。

「ダンジョンか。こんな位置に」

「結構森の深い場所ね。それと、今回のコボルドの巣があった地点は森と近いわ」

僕の説明で伝わったのだろうか？　ただ後ろに付き従っているだけだったシンシアが、僕からの説明が終わったタイミングで続きを話し始める。

「エルフのレムラさんに先ほどお話を聞いてきました。彼女はその村の存在もダンジョンの存在も把握していたようです」

「彼女か。なら間違いないな」

「英雄ユージンが現れる前、魔王の侵攻が始まり動乱の世となった際に廃棄された村とダンジョンだそうです」

「廃棄？　封鎖ではなく廃棄と言ったか？」

確かに変な言い方だ。

「魔王による魔族と魔物の襲撃が日に日に激化していき、戦力が必要になったそうです。それで各地のダンジョンを専門に潜っていた冒険者たちも前線に投入されることになり、ダンジョンに潜る者が減っていったそうです。レムラさんによると魔道具は当時ほとんど利用されておらず、魔石も錬金術の素材程度としか見られていない時代だったので、ダンジョンで戦わせるよりも、魔王との戦いに備えさせることの方が重要だったのではないかと」

「ああ、魔道具の開発と普及は魔王との戦いの後だったか」

　お父さんがシンシアの調査の結果を聞いて頷いた。

「ダンジョンに潜る冒険者が減れば、ダンジョンから魔物が溢《あふ》れ出す可能性があります。当時の領主はダンジョンの出入り口に封印処理を施したそうです。ダンジョンの管理を目的に作られた森の村もダンジョンによる素材の恩恵がなくなるのであれば維持できないとのことで、封印処理が終わった後に廃村とし、結界石も外して回収したと聞いたそうです」

「ダンジョン内で取れる素材を収益の中心にしていた村なら、確かに維持できなくなるわね。ダンジョンを一時封鎖とするなら村を維持しないといけないから、封鎖ではなく廃棄としたって話かしら？」

「そうだな。それにダンジョンに挑めるレベルの冒険者がいなくなれば、森の中の村となると危険だ。私でも村を放棄するだろう」

「レムラさんのお話によるとそのようなことでした」

　そっかあ。

「あれ？　じゃあお父さんたちが戦ったコボルドって、ダンジョンから出てきた？」

「連中の巣の位置を考えると、その可能性が高いな。もともとコボルドの目撃証言の多かった地域だが、巣の数が異常だ」

「まあ、コボルド以外にもレッドウルフ、それにゴーレムまでいるダンジョンなのね」

「ダンジョンの入り口の封印が解けて、徐々にコボルドが溢れ出てきたのだろうな。そして森の中で群れをつくり、いくつかの群れがとうとう森から出始めた、といったところか……コボルド自体は問題ないと言いたいが」

「どれだけの数がいるか不明だし、ダンジョンからさらに出てくる可能性があるのならばそれなりの戦力の投入が必要ね」

「……クランの連中を呼ぶか」

「あなた、それは！」

お母さんが立ち上がる。

「いけませんっ！　戦力としては頼りになるけど、報酬はどうするの!?」

「領内のダンジョンをそのままにはしておけん」

「ジルの未来の話をしているんです！」

え？　何？

「だがこのままでは領民に被害が出る。私たちだけでこの広大な森をカバーするのは不可能だ」

「この子の未来を閉ざす可能性だってあるんですよ!?」

「お母さん？」

突然声を荒らげるお母さんに驚いた僕は、思わず聞いてしまった。

「国に報告して対処してもらうべきです！」

「だが管理力が不足だと言われたらどうする。最悪この地を取り上げられてしまうぞ」

「だったら王都に帰ればいいのです！　ジルの未来と土地と、どちらが大事だというのですか！」

「国に依頼をかけたら、いつ対処されるかわからぬ。ジルも大事だが、その間に被害に遭うのは領民たちだ。領主としてできることをしたい」

「ジルと領民を天秤《てんびん》にかけろというのですか？」

「ジルに危険はない。だが領民の命は危機に晒《さら》される。ここに着任して十年以上経《た》った。もうここは私の故郷なのだ。私はそんな決断はしたくない」

苦虫を噛みつぶしたような、沈痛な表情を見せるお父さん。

「ねえ、喧嘩《けんか》しないで？　それと僕の未来ってどういうこと？」

「ジル、心配する必要はないのよ？　あなたは私が守りますから」

「ジル、これは喧嘩ではない。だから……部屋に戻っていなさい」

子供には聞かせる話じゃないって？　じゃあその子供たちの前で話し始めないでほしいな。

若干カチンときた僕はシンシアに手を引かれて部屋の外に行く。

なんだよ、僕の未来って。

ここで怒りに任せてドアをバタンと閉められれば格好もつくが、追従するシンシアがそれを許さない。むう、気が収まらない！　とにかく部屋に帰る！

「シンシア、教えて」

「え、それは」

部屋まで僕の手を離さなかったシンシアをそのまま捕まえて部屋に連れて入る。

「僕の未来がどうこうって、さっきまでのお父さんたちの話でなんで僕の話になるのかわからない」

「旦那様方がおっしゃらないことを、私が言うわけには参りません」

シンシアはそう言うと口を閉ざす。

「シンシア、僕は知りたい」

再び聞くが、首を振るばかりだ。

「シンシア、お父さんが言わないことを自分の口から言うことはできない。そう言ったね？」

「はい」

「でもお父さんから口止めされたわけじゃないよね？　リビングでそういった話は出なかったもの」

「……はい」

シンシアは僕の考えに気づいたのか、表情を歪めた。

「アーカム＝オルト子爵の子、ジルベール＝オルトが命じる。シンシア、先ほどの父と母がなぜあのようなやり取りを行うようになったか説明しなさい」

「ジルベール様は……どこでそのような言葉を覚えてこられるのですか」

「本だよ。さあシンシア」

ソファにぽんと座って、シンシアに話すように促す。

「それは、職業の書です」

「職業の書？　ＪＯＢを得る？」

「職業の書は貴重品です。腕のいい錬金術師が貴重な材料をたくさん使って作成します。そして金額もさることながら、購入できるのは伯爵以上の爵位を持つ貴族か、土地を持った領主だけです。国から領地で人を育てるために職業の書が渡されますが、国から提供された職業の書の売買や譲渡は禁止されており、どこの誰にどの書を渡したか、なぜ渡したか、それらの報告が義務付けられています」

「そこになんで僕が関わってくるの？」

話のつながりが見えない。

「旦那様は領地のために信頼できる冒険者集団、クランに今回の件を依頼されることを考えました。そして、そのクランは報酬として職業の書を求めるのです」

「えっと？　あ、そういうことか」

僕は頷いてシンシアに視線を送る。

「お父さんはクランを動かすために、僕のために個人で用意した職業の書をクランの報酬に使いたい、そう考えた。でもそうすると、王様から領のために与えられた職業の書を僕のために使うわけにはいかなくなる」

「その通りです」

「……お父さんは、僕がいずれ持つであろうＪＯＢと領民の命を天秤にかけて、領民の命を守ることを選んだ。でもお母さんは、僕のために職業の書を守りたかった。次いつ手に入るかわからないから」

「……はい」

そっか。お父さんは領主として、領民を守る貴族としての道を選んだ。そしてお母さんは僕の未来のために、母親として僕を守ろうと思ったんだ。

どちらも正しい。どちらも立派な考えだと思う。

「……わかった。シンシア、話してくれてありがとう」

「いえ、ですが驚きました」

困り顔でシンシアが微笑《ほほえ》む。尻尾が頼りなく揺れて耳も少し垂れ、落ち込んでいるのがわかる。

「仕方ないなぁ」

僕は今世のお父さんもお母さんも大好きだ。こんなことで二人の間に溝ができるのは正直悲しい。

机の引き出しを開けて、シンシアから見えないように収納の魔法を展開。

そこから地下のチュートリアルダンジョンからパクった職業の書を全部……はちょっともったいないから、各一冊ずつ残して取り出した。

「ジルベール様!?　そんなものをどこで!?」

「地下の書庫。運べないからシンシアも手伝って」

職業の書がそんなに貴重なら、隠し持っていたのを怒られるかもしれない。

でも、今は二人の喧嘩を止めたい。僕は本気でそう思っていた。

まだ話し合いが続いているリビングの扉を勝手に開けて中に入る。

「ジル、ノックもせずに……？」

「ジルちゃん、ママはパパと大事なお話を!?」

そんな二人が言葉を途中で止める。シンシアの持っている本を見てしまったからだ。

「お父さん、お母さん、これ、いっぱい、あるから、喧嘩しないで」

あれ？　なんだこれ。

気がついたら、泣いていた。グズっている子供みたいに、言葉が続かなかった。

「職業の書！　本物か？　どうしてこんなに」

「ジル、ジルちゃん!?　どこでこんなものを！」

「これ、あげるから、喧嘩しないで！」

とめどなく出てくる涙を袖で拭《ぬぐ》うが、追いつかない。持っていた職業の書もバラバラと落としてしまった。

僕の子供ボディは言うことを聞いてくれないようだった。

「お父さんが、領民を、助けたいのも、お母さんが、僕のために、本を残したいのも、わかったから、僕はいっぱいあるから、これ、あげるから、喧嘩しないで」

「シンシア……」

「ジルベール様がお持ちになっていました、グス、地下の書庫で以前見つけたものを隠していた、グス、そうです」

シンシアも涙脆《もろ》いらしい。

「僕は、大丈夫、だから」

「ジル……？」

お父さんが少しだけ声を震わせて、こちらに聞いてきた。

僕は言葉も出せずに、頷く。

「ジル、ジルベール、パパとママはもう喧嘩しないわ。大丈夫よ？」

「ほんと？」

僕の前で腰を落としたお母さんがそう言ってくれる。

「ねえ、あなた？」

「ああ、もちろんだ」

お母さんが僕を抱きしめてくれた。そしてそのお母さんと僕を、お父さんが抱きしめてくれる。

「ジルちゃん、あなたが優しく育ってくれて、ママは嬉しいわ」

「ママ、お母さん」

「ママでもいいのよ？」

「うん」

僕はママの胸に顔をうずめて返事をする。

「怖かったわね？　ごめんなさい」

「うん、優しい、ママが好き。さっき聞いた、コボルドより、怖かったもん」

「あらあら」

お母さんが頭を撫でてくれる。

「うう、うう……」

年甲斐《としがい》もなく、いや年相応に泣きだすと、もう止まらなかった。

僕の子供ボディが勝手に泣くのだ。

泣き疲れるまで泣いて、その日はパパとママと一緒に眠っていたらしい。

朝起きると、二人が左右から僕の顔を覗き込んでいた。

日本にいた頃に、父と母からここまで愛情を注いでもらっていたか、正直覚えていない。普通の家庭だったから、今世と同じように愛情を注がれて育ったのだとは思うけど。

大人を経験した僕は、今のお父さんとお母さんからの深い愛情を理解できた。

だからこそ、その、とても恥ずかしい、そして、とても嬉しい、温かくも複雑な気持ちを覚える起床となったのだった。


「眠ったか」

「ええ、泣き疲れて眠るなんて初めてじゃないかしら」

ミレニアが言うのだから初めてなのだろう。ジルはあまりわがままを言わず、大声で泣くような子ではない。どちらかといえば大人しく、賢いイメージのある子供だ。

「ふふ、子供の成長は早いのね」

「そうだな」

ジルを挟んでベッドで休む私たち。しかし、ジルの頭をそろそろ空けてくれないか？　こちらも撫でたい。

そんな私の気持ちにはお構いなしに、ジルの頭を撫で続けるミレニア。

「しかし、あれだけの職業の書をどこで見つけてきたのだ？　前任者も含めてこの屋敷の捜索はかなり念入りになされたはずなのだが」

「その前任者に見つからないように隠されていたものかもしれませんよ？　ご家族の方とか」

「なるほど、あり得るな」

私の屋敷の従者たちは、この屋敷の規模を考えると随分と少ない。領主という仕事と共に引き継いだ屋敷には、前の持ち主やその前の持ち主の置いていったものがそれなりにある。

シンシアがいるので、危険なものの排除は完璧なはずだが、逆に言えば危険でないもの、特に注視するべきではないものなどは手つかずである。

「また難しい顔をして。今はいいじゃない？　ジルちゃんがこんなに優しく育ってくれているんですもの」

「そうだな」

ジルは可愛い。ミレニア譲りの赤い髪に愛らしい顔立ち。表情もコロコロ変わり、それはもう可愛らしい。

だがジルは次男だ。長男であるミドラと違い、私の家督を継ぐわけではない。それゆえ、甘やかさないよう教育には注意していたのだが、その甲斐《かい》もあってかジルはそういった甘えをあまり見せない。今日のように感情をあらわにするのは珍しい。

「思えばジルとこうして眠るのも久しぶりだな」

「あなたが抱きつき魔だからでしょう？」

「うっ」

「ジルちゃん、朝起きたら汗だくになってるんですもの」

「な、夏場だけだろうそれは！」

「あなた、起きちゃうわ」

「むう」

そもそもジルが悪いのだ。早々に一人で眠りたいと言いだすのだから。ミドラだってジルが生まれるまでは一緒に寝ていたというのに。

「この子は優しくて、聡明《そうめい》だわ。多分シンシアから話を聞いて、そのうえで職業の書を用意して『これがあれば私たちは喧嘩をしない』ってすぐにわかって持ってきたのですもの」

「そうだな」

「このまま、優しく、可愛く育ってほしいわね」

「……そうだな」

男親としては、可愛く育つのではなく男らしく育ってほしいが、言わぬが花だな。

「大丈夫だろう。お前の息子なのだから」

「そうね、あなたが見てくれていれば間違いないわね」

気が済んだのか、ミレニアはジルをあやすために撫でていた手を頭からお腹へと移す。ジルの頭が空いたので、軽く一撫でしてからその頭にキスをした。

「おやすみジル、ミレニアも」

「そうね、おやすみなさい」

ミレニアもジルの頬《ほお》に唇を落とし、布団にくるまる。

広いはずのベッドが、今日は少しだけ狭く感じた。

ジルの成長を感じると、嬉しくもあり、少しだけ寂しくもなった。


数日間僕にべったりだったお母さんだが、コボルドの対策で新しい動きがあったらしく、外に出る日が増えてきた。

貴族の家ではお披露目までは家から子供を出さない謎の習慣があるので、僕は相変わらず玄関先までしか行けない。

そしてお父さんもコボルドとダンジョンの対応に追われているらしく、家にいない日が増えた。

使用人の面々もそれに合わせて忙しくなるらしく、彼らの目を盗んでチュートリアルダンジョンに行ける回数も多くなって一ヶ月弱。変化が生じた。

「あれ、吸収できないや」

属性結晶のうち、いくつかが吸収できなくなった。

「風と土、光は吸収できるのに」

吸収限界でもあるのだろうか？　全種類とは言わないが、いくつかの属性結晶を残して吸収が行えなくなってしまっていた。

「何なんだろ？」

でもその分、魔法が自在に操れるようになった。

人物探知の魔法で人の現在位置を探って安全を確認、そして空間魔法の『ゲート』で部屋から授職の祭壇のある授職の間の前まで飛べるようになったので、廊下で誰かとバッティングすることもなくなった。

ただし、チュートリアルダンジョンの中や授職の祭壇の近くにはゲートを作ることができない。ダンジョンにゲートを開けることができないと仮定すると、授職の祭壇ももしかしたらダンジョンなのかもしれない。

「魔法も随分増えた」

それと様々な魔法を扱えるようになったのが大きい。順調にＪＯＢレベルも上がっているようで、初歩的な魔法であれば魔力をほとんど消費しないで撃てるようになったし、消費した魔力も即座に回復している感覚がある。

スリムスポアもだいぶ倒したが、こいつは経験値なしという設定なので僕の身体能力はそのままなのが難点だが、家から出ることができない以上、スリムスポア以外を倒すことができない。

コボルドの出る例のダンジョンに僕も行ければいいんだけど、今は無理だ。なんといっても四歳児。

ゲームの続編的なこの世界でいつストーリーが進行し始めるかわからない以上、今は少しでも経験値が欲しいのに。

「ＪＯＢ値にしても、もう少し効率よくいけないかな」

持続的にスリムスポアにダメージを与えられる魔法を考えたい。

スリムスポアのＨＰは低い。どの魔法でも一撃で倒せる程度だし、四歳児の僕がナイフで何度か刺すだけで殺せる相手なのだ。

「魔法だと威力はいらない。スリムスポアは倒されるたびにあの格子の奥の魔法陣から召喚されて、前進し今の位置で止まる」

その通り道や停止する位置は常に同じだ。そして一度停止すると、ウネウネしているだけで何もしない。攻撃もしてこないし、こちらから攻撃しても反撃してこない。

風の魔法で吹き飛ばしたときは、吹き飛ばされた場所から元の位置に戻ろうとする挙動も見えた。まあ途中で力尽きて死んだけど。

「罠《わな》のような魔法、威力はいらないけどできるだけ長く続く魔法がいい」

ゲームでもトラップ的な地形があった。砂漠、毒、溶岩などだ。

「持続ダメージだと、やっぱり火かな」

僕は地面に火が立ち上る様子をイメージする。スリムスポアの停止位置、広さ的に言えば一畳もない範囲で十分だ。

「炎の絨毯《じゅうたん》」

地面に手を置いて、イメージした魔法を作成する。

地面から火が常に立ち上るマットだ。

火の魔法だからあまり大きいと危険なのは言うまでもない。だけどスリムスポアが二匹立ち止まる位置を囲えればそれだけで十分。

火力も高威力である必要はない。炎である時点で近づくだけで火傷《やけど》をするような火力があるのだ。白や青の炎のような高熱のものを作り出す意味もない。

「さて、どうだ？」

僕の魔力の半分近くを費やして作った新しい魔法に、スリムスポアは足を踏み入れる。

そして体の半分もその炎の絨毯に入らないうちに倒れて消えた。

「成功、かな？」

威力よりも持続力に力を入れたその魔法は、スリムスポアを飲み込んでも特別衰えた形跡を見せない。

しばらく見つめていたけど、消える様子もない。

「成功だね。これで他の魔法の練習ができるようになったな」

炎の絨毯は一度発動させたらそのままずっとその場に残っており、維持するために追加で魔力を消費する必要はない。

これで炎の絨毯にスリムスポアの相手を任せれば、僕は他の属性の魔法の練習や、新しい魔法をイメージすることに集中できるようになる。

「ダンジョンの外に僕が出たらどうなるんだろ？」

恐らく炎の絨毯はその効果時間が終わらない限り消えないだろう。僕が気にしているのは、手に入れるはずのＪＯＢ経験値だ。

魔物を倒したときに、近くにいないとＪＯＢ経験値は取得できないのか、離れていても取得できるのか。

ここはチュートリアルダンジョンだ。ダンジョンの中に仕掛けた罠で魔物を倒したらＪＯＢが上昇するのだろうか？

「ゲームはコマンドバトルだったから、よそで敵を倒すなんてことなかったからなぁ」

わからないことは試すしかない。

僕は外に出る魔法陣に乗ってダンジョンを後にし、ゲートの魔法で自分の部屋に戻るのであった。


「そこに座りなさい」

「はぁい」

食後、お父さんとお母さんに呼ばれる。

シンシアもいるし、なんだろ？

「ジルベール、職業の書をありがとう。無事にクランの連中を呼んで魔物の討伐と森にあった村とダンジョンの開拓に着手できた」

「あ、うん」

どうやらお父さんは無事に職業の書を使って、領民を助けられるようになったらしい。

「よかった」

「ええ、あなたのおかげです」

お母さんも褒めてくれる。

「……ところでジル、魔術師の職業の書が一冊少なかったな？」

「あ！」

慌てて口を閉じるがもう遅い、お父さんの眼光が鋭くなってる！

「ご、ごめんなさい……」

「やはりか」

ひいいいっ！

「あなた」

「ああ、わかっている。ジルベール、これから言うことをよく聞きなさい」

「はぁい」

僕は姿勢を正して聞く姿勢を取る。その間にシンシアが僕たちに紅茶を出してくれる。

「職業の書は、貴族では九歳の子に与えられる。兄のミドラードもそうだ。それは知っているな？」

僕はお父さんの言葉に頷く。

「九歳というのは貴族院に入る二年前であり、貴族院に入る前までにある程度は自分の職を知る時間を与えたほうがいいと考えてのことだが、それよりも幼かったりするとその子供の適性を見極めることが難しいという理由もある。わかるか？」

「子供が戦士になりたいって言っても、その子供の適性が神官かもしれないってことだよね」

男の子は剣が好きだもんね。僕も見る分には格好いい剣が好きだ。

「それに小さな子供が魔法みたいな人を傷つけられる術を修得できるのは危ないって理由もありそう」

「そうね。そういった意味もあるわ」

僕の返事にお母さんが満足そうに頷く。

「そのうえで職業の書は貴重なものだ。おいそれと複数の職を持たせるわけにはいかない」

「お父さんもお母さんも、複数の職があるよね？」

「私の父が伯爵家だからだ。その縁でミレニアに職業の書を入手している……私の妻となる条件で」

「え!?」

「ふふふ、素敵な旦那様と職業の書が同時に手に入ったのよ？　その日はとても舞い上がってしまったわ」

あれ？　思っていた反応と違うよ!?

「ミレニア」

「はいはい」

お父さんの腕に自分の腕を絡ませたお母さんが、笑いながら手をほどく。仲のいいご夫婦です。

「お前が生まれて三歳になったときに、父にお前のための職業の書の支援を求めた。そして父は初級と呼ばれる職のすべての職業の書を私に送ってくれた。だが父はこれ以上の書を入手したければ、自分の力で入手できるようになれと言った」

「おじいちゃん、だよね？」

じいちゃんスパルタや。

「いつまでも父に頼るなと、そういう意味だろう。だが父の後ろ盾のない状態で職業の書を入手するのは難しい。毎年王家より、十冊程度職業の書はいただけるが、すべての書が均等に配られるわけでもない。お前のために用意した書も、一つ使ったら父に返還するつもりだった」

「そうなんだ？」

「ああ。特にシーフになれる書と魔術師になれる書はいただけないことが多い」

おおう、申し訳ございません。

「その、勝手に使ってしまって、もうしわけございませんでした」

「あなた？」

「ジルよ、謝る必要はない。いずれお前に渡すべきものだったし、書はお前が自身の力で手に入れたものだ。お前は私にできないことをやってのけたんだ。誇っていい」

　こんなに手放しに褒められるとは思ってなかった。ちょっとびっくりだ。

「ふふ、可愛いわ」

「まったくだ」

　僕の呆《ほう》けた表情がお気に召したらしい。

「まずお前が使った書がそれだけ貴重なものだと理解してほしい」

「はぁい」

　どうにも返事をするときに、間延びした言い方になってしまうのは癖だろうか。真面目に返事をしているつもりなのに。

「魔法は危険なものだ。子供が扱うには特にな。今まで使ったか？」

　バンバン使ってます。

　僕はこくんと頷いた。

「時々屋敷からいなくなるのは、裏かどこかで練習をしていたんだな？」

「う」

　バレてらっしゃる！

「いい、むしろ人目につかない場所で練習したことは良い判断だ」

「え？」

いいの？

「……今回の件で、お前を叱らない。そうミレニアと約束した。だから叱らないが……その、なんだ」

「あなた、顔が怖いわよ？　ジルちゃんは賢いからちゃんと理由を言えばわかってくれるわ」

お母さんが助け舟を出してくれるようだ。

「いい？　ジルちゃん。あなたは本来であればＪＯＢを持つ年齢ではありません。貴族でも一部の上位貴族たちの子だけ。貴族以外の、例えば冒険者なども相当に優秀で特別扱いされない限り、職業の書は使えません。それはわかりますね？」

僕はお母さんの言葉に素直に頷いた。

「ですから、魔法の使用を禁止します」

「え!?　そんな！」

ＪＯＢ上げのスリムスポア狩りは魔法でやる予定なのに！

「あくまでも人前で、です。魔法は危険だから、決して人に向けて撃ってはいけません」

「うん」

「でもせっかく人より早く手に入れた力ですから、早めに訓練を行いましょう」

「えっと？」

「お前が魔術師の書を使ったのを知っているのは、私とミレニア、それとあの場にいて職業の書の数を把握していたシンシアだけだ」

「うん」

「シンシアとマオリーを交換してお前の担当をシンシアにする。シンシアはお前が誰かの前で魔法を使ったら私に報告を行う、いわゆる監視役だ」

僕の後ろで控えていたシンシアが静かに礼をする。

「シンシア、ジルが人前で魔法を使おうとしたら力ずくで止めなさい。もしジルが魔法で誰かを傷つけるようなことがあれば、最悪殺すことを許可する」

「ころっ!?」

「旦那様!?」

お父さんが泣きそうな表情で、冷酷なことを言う。お母さんも視線を伏せるだけで、何も言わない。

「ジル」

お父さんが僕の両脇に手を伸ばして抱き上げる。

「絶対に魔法で人を傷つけるな。これは男同士の約束だ」

「ひゃぁい」

変な体勢にされた状態で返事したら変な声が出た。

そんな僕をお父さんは胸元に引き寄せて抱えると、空いた手で頭を撫でてくれる。

「お前が賢い子なのはわかっている。だがこれは父のけじめだ。不甲斐《ふがい》ないことだが、お前を守るにはこうするしかない」

「お父さん」

「ジル、本当にありがとう。領民はお前が救ってくれたんだ」

お父さんが僕を撫でてくれながら、そんなことを言う。

「お前がさっき言ったように、魔法は危険だ。人前で魔法は使わない、一人で魔法は使わない、魔法を使うときは私たちのいるときに、許可を得たときだけだ。約束してくれ」

「はぁい」

涙は我慢できたけど、喉の奥がうずくのを感じた。

「あなたばかりずるいわ」

「ああ、すまない」

僕を胸から離したお父さんから、お母さんが手を伸ばして僕を抱き上げてお膝の上に乗せる。

「シンシア」

「は、はい、ジルベール様」

「これからよろしくお願いします」

「こちらこそ、よろしくお願いします」

僕が言うとシンシアが頭を下げる。

「それと、この間はごめんなさい」

「はい？」

「シンシアに『命令』をしてしまいました。お父さんが言わないって決めたことを聞き出すために」

「そうなのか？」

「シンシア？」

僕の謝罪に、お父さんとお母さんが顔をシンシアに向ける。

「ジルベール様……はい、そうです」

「シンシア、聞かれたからついと言ったな」

「私たちはジルちゃんだけでなく、シンシアにまで気を使われていたのね」

「申し訳ございません」

「シンシアは僕を庇《かば》ってくれたの？」

「ああ、そうだ」

「そうね」

シンシアは僕に命令されて無理やり言わされたことを隠していたらしい。

「私が勝手に判断したことです。ジルベール様はお気になさらず」

「う……」

「ふむ。今回の件ではないから、叱ってもいいかな？　これは」

「ちょっ!?」

「そうねぇ、確かに甘やかしすぎたかもしれないわ」

「お母さんまで!?」

しかもがっちりホールドされて逃げられないっ！

「ところでジルベール、お前はどこまで魔法が使える？」

「どこまで？」

「色々試したのであろう？」

「それは、うん。でもあんまり強いのはやってないよ？　火とか危ないし」

チュートリアルダンジョンでもあまり強い威力の魔力は試していない。属性結晶の吸収によって魔法を使える回数は増えているけど、あまり強い威力の魔法を撃つと頭痛に襲われるような気がして、怖くて使う気になれないのだ。

昨晩開発した炎の絨毯が、過去一で魔力を消費する魔法だったのではないだろうか。

「水の魔法は使えるかしら？　清らかな水よ、いでよ『ウォーター』」

お母さんが僕の前で小さな水の球を生み出して指の周りをクルクル回す。

「うん、できるよ。水よ、いでよ『ウォーター』」

お母さんと同じように水の球を出して、指を中心に同じようにクルクル回す。手が小さいから指の周りで回すのは難しいのだ。

「動いてますね」

「息子は天才だったか」

「ほえ？」

僕が天才？

「水の属性に適性があるのね。属性の適性がないと生み出すことができても自在に操ることはなかなか難しいのよ？」

「そんなこと、本には書いてなかったよ？」

「魔法関連の本はあまりないからな。お前が読んだものの中にはなかったのかもしれんな」

「ジルベール様は歴史書や神話の本を好まれますから」

そういえばゲームの知識で魔法を扱ってたから、改めて勉強したことはなかった。

「魔術師の書をよく選んだ。だが先ほど言ったが」

「うん。勝手に人前で魔法を使わない。一人で魔法を使わない、魔法を使うときは誰かと一緒にいるときに許可をもらったときだけ」

「そうだな。だがいきなりミレニアの真似をして勝手に魔法を使ったな？」

「あ！」

「今度こそお仕置きが必要かしら？」

「ジルベール様、観念してください」

「ちょっとずるくない!?」

「問答無用だ」

「ちょ、やめっ！　あはははははは！」

お父さんとお母さんにめっちゃくすぐられた！　この攻撃に耐えられる子供なんて存在しないっ！

うちの子供は可愛く賢い

私の名前はアーカム＝オルト。

このオルト領の領主をしている子爵だ。

うちの次男は可愛《かわい》い。

妻であるミレニア譲りの燃えるような赤い髪。

その髪と同じ赤い色合いの、大きな瞳を持った男の子。

我々の顔をしっかりと見て笑う顔がとても可愛い。

うちの家系にはときたま、おかしなレベルで整った顔をした人間が生まれることがあるが、この子もそうなのかもしれない。

そう思えてならないくらい可愛らしさを持った子だ。

「今日はお母さんに英雄ユージン物語を聞かせてもらったよ」

「そうか。英雄に憧れたか？」

「剣よりも魔法の方が興味あるかなー」

騎士である私としては残念だが、ジルの興味は魔法に向かったようだ。

私も魔法は使えるが、あくまでも戦闘の補助として使うだけだ。威力や制御のことを考えると、ミレニアの方が得意だろう。

私には領主としての仕事がある以上、どうしてもジルはミレニアと過ごす時間が長い。

母親であるミレニアと過ごすのは当たり前だが、私としても息子と過ごす時間が欲しいものだ。

「そうか、なら本をたくさん読まないとな」

「うん！」

ジルは本が好きだ。

私が子供の頃は、一番上の兄と剣の稽古《けいこ》ばかりしていたが、この子はよく本を読んでいる。

子供は屋敷から出さぬから、庭で遊ぶ子か部屋で遊ぶ子かに分かれる。

ミドラ――長男は外で遊ぶのが好きな子だったが、この子は部屋で過ごすことが多い。

「でもまだ歴史書と神話の本でいっぱいいっぱいかな」

「そうか」

この子は文字を覚えるのが早かった。

本を早く読みたいからと、懸命に覚えたのだ。覚えも早く、書き取りもある程度できる。

文字自体の美しさが足りないが、子供の手であれだけ文字が書けるのは稀《まれ》だろう。

かく言う私も貴族院に通う二年前、九歳くらいから本格的に書き取りを行っていたと記憶している。

それに対しこの子は、四歳にして既に大半の文字を読めるし簡単な文字も書ける。

昔はミレニアやマオリーに本を読んでもらっていたが、今は自分で本を読めるのだ。

とても賢い。

辺境の子供は早熟とよく聞くが、この子もそうなのかもしれない。

「？」

「なんでもないよ」

ジルが不思議そうな顔をしていたので、私は笑って頭を撫《な》でた。

この子は照れ屋だが、スキンシップが好きなのだと思う。

頭を撫でると、照れながらも嬉《うれ》しそうにするし、抱き上げると離されてなるものかとずっとくっついてくる。

そういうところもたまらなく可愛い。


ジルが魔術師の書を使っていた。

賢い子だとは思っていたが、まさか職業の書を扱えるとは思わなかった。

「あなた、ジルを叱《しか》ってはいけないわよ」

「……しかし、職業の書をだぞ？」

「あの子は職業の書の価値を知りません。それに毎日あれだけの本を読んでいるのよ？　たまたま読んだ本が職業の書だったのかもしれないわ」

「だが、あの子はあの本の意味を知っていたぞ」

「読めば理解もしましょう。そういう子なんですから」

確かに。記憶力が極端に良いというわけではなさそうだが、あの子は賢い。

物を知り、疑問を持ち、考え、自分の中に消化する力がある。

「しかし、屋敷内にあれほどの数の職業の書が隠されていたとは」

シンシアがジルから聞き取りをしておいてくれた。どうやらジルは地下の書庫で職業の書を見つけていたらしい。

以前の領主か、先代の代官かが隠していたものだろうが……職業の書をそのままにしておくだろうか？

「地下の書庫の本は膨大ですし、隠し部屋もあるんですよ？」

「シンシアですら開けられぬ扉もあるからな……さすがにそんなところから本を持ってきたわけではないだろうが」

「困ったお屋敷よね。どこか外とつながっているわけじゃないから、そこから侵入される心配はないけれど」

「そういった隠し部屋に、まだ職業の書が隠されているかも……」

私の言葉に、ミレニアがため息をつく。

「どうやって入るつもりですの？　旧ラスワール家の専用の鍵が未《いま》だに見つからないでしょう？　無理に開けようとしたら住む場所がなくなるわよ？」

「シンシアの調査に間違いはないだろうしな……陛下から譲り受けたこの屋敷を失うわけにはいかん」

我が家の地下には授職の祭壇と書庫がある。

書庫にはいくつかの隠し扉があるが、いずれも専用の鍵が必要で中の調査ができていない。

百年以上前に、王家によってつぶされた家系が持っていたとされる鍵が必要なのだ。

その家系の人間は当時処刑され、その鍵も失われてしまった。

しかもそれぞれの隠し部屋は屋敷の柱に直結している様子で、下手に手出しをすると屋敷が崩れる危険性がある。

王より賜った、代々の領主や代官が生活していた歴史ある屋敷を壊してしまうわけにはいかない。

難儀な話である。

「あの子はあの歳《とし》で魔術師の道を選んでしまった。不幸な選択にならなければそれでよいのだが」

ＪＯＢというのは厄介だ。

そのＪＯＢを効率的に習熟させねば、次のＪＯＢを持つことができない。

ジルはまだ四歳の子供だ。場合によっては自分に合わないＪＯＢと長く付き合わざるをえなくなりかねない。

「ねえ、ジルちゃんなら大丈夫よ。ミドラちゃんはちょっとやんちゃだったけど」

私の危惧を感じ取ったミレニアが、問題ないと笑顔を向ける。

「辺境で、同年代の子が周りにいないからかしら？　随分と大人しくて賢い子に育ってるのよ？」

「ジルは王都で育てるべきだったかと、いまでも考えるときがある」

「あら？　私はやーよ？　またあなたと離れて暮らさなきゃいけないもの。ミドラちゃんも可愛いけど、今はあなたと一緒にいたいもの」

「嬉しいことを……そうだな。私もお前と共に過ごしたい」

気がつけばミレニアの手を取っていた。

「魔術師になっても大丈夫。あの子は私がしっかり育てます」

「ああ、そうだな。お前になら任せられる」

誰でもない、ミレニアの言葉だ。真実味があり、この世で最も信頼できる女性の言葉。

そして逆らうことのできない言葉だ。

「任せて？」

「任せているさ」

頬《ほお》にキスをすると、ミレニアが顔を赤らめた。

そしてお互いに笑い合い、見つめ合う。

重なった手を取って、ゆっくりと立ち上がった。

そしていつまでも若く美しい妻をエスコートして、ダンスホールの中央で互いの影を一つにした。

「まだ残っているとは」

お父さんたちと話した日は、そのままお父さんとお母さんと一緒に寝る日になってしまった。

そして次の日は初日ということもあり、シンシアの監視の目が突破できなそうだったので断念。

次の日もその次の日も。

結局一週間ぶりにチュートリアルダンジョンに行ってみると、まだ炎の絨毯《じゅうたん》は残っていた。

テコテコと近づくと、一気に体じゅうが何かに満たされる感覚に襲われる。

「お、おおお？　おおう」

ＪＯＢ経験値がまとめて入ったようだ。

「ダンジョンの外にまでは飛んでこられないけど、ダンジョン内に残留していたってことかな？」

目に見えないものなので確証は持てないが、感覚的にはそういう感じなんだろう。多少消えたのか、それとも全部残っていたのかは不明だけど。

今日は何もしていないので魔力は満タンだ。炎の絨毯を一度解除して敷き直すことにしよう。

「解除っと、おお？」

炎の絨毯のあった位置に、小さく光り輝くメダルが二つ落ちていた。

「モンスターメダルだ。こいつらも落とすんだね」

魔物にはドロップアイテムが設定されている。チュートリアルダンジョンのスリムスポアは通常ドロップは何もしないと言われていたけど、まさかメダルが設定されていたとは驚きである。

「使い道あるのかな？　わかんないや」

モンスターメダルは武器や防具の強化に使う。

錬金術によるメダリオン化だ。

メダリオン化すると、武具に魔物の力が乗り移って強化してくれるという設定である。

「スリムスポアの力が乗り移るってなんだろーね？」

まあもともとの魔物と関係ない能力付与になるものも多かったからなんとも言えないけど。

「小鬼喰《ぐ》らいはゴブリン特攻、みたいなのはわかりやすいけどね」

小鬼喰らいという、大きいハエトリグサみたいな食虫植物の魔物がいる。こいつはゴブリンを見かける森のフィールドにいて、時々ゴブリンを口に入れた状態でエンカウントする素敵な魔物だ。

こいつのメダルをメダリオン化して武器に装着すると、ゴブリン系統の魔物に対して二十％の攻撃力上昇と三十％のクリティカル発生率上昇効果がある。

でも魔法でしか攻撃をしてこないウィザードブレインという、脳みそに手足が生えたような魔物のメダリオンが、物理の威力の五％上昇だったりと、因果関係はあったりなかったりだけど。

「水よ」

僕は水の魔法でコインを包んで拾う。さっきまで火の魔法の中にあったから熱いと思ったのだ。

「炎の絨毯」

お代わりのスリムスポアが来たので、僕は再び魔法を発動。

前よりも魔力を込めて、さらに長い持続時間になるようにした。

「効果がわかんないけど、まあラッキーってことで」

ゲームだとスリムスポアはチュートリアルダンジョンにしかいない魔物だ。メダリオン化したときの能力は不明である。

もともとデータ厨《ちゅう》でもなかったから、よく使うメダリオンの効果しか覚えていない。

「調べてみよっと」

幸いうちの書庫には無数の本があるのだ。メダリオンに関する本があるかもしれない。

属性結晶のうち吸収できるものは吸収し、吸収できないものは持ち帰る。

「あれ？　吸収できた」

このあいだ来たときは吸収できなかった属性結晶が吸収できた。

「なんだろ？　ＪＯＢが上がったからとか？」

ゲームでは吸収できなくなるほど属性結晶が入手できなかったのでわからない。一番多く入手できた火の属性結晶も最大で三つだったからだ。

「ＪＯＢが上がったからだな。きっと」

前回来たときとの違いはそれくらいだ。他に原因は考えられない。

前回吸収できず、回収にとどめた属性結晶も使ってみたら吸収できた。わからないものはいくら頭を捻《ひね》ってもわからない。とりあえず吸収できたことを喜ぼう。

「属性矢も回収してっと」

武具の類《たぐい》も一応回収。収納に余裕があるから今のところ問題ないけど、そこまで強い武具というわけでもないから死蔵することになりそうだ。

外に出てゲートを広げて部屋に戻ると、ふかふかの布団が待っていた。

おやすみなさい。

明るい時間は勉強と遊び。夜は行けるときだけチュートリアルダンジョンに行ってスリムスポア退治や属性結晶の吸収。僕にそんな日課ができて早一ヶ月。

今日もシンシアが用意してくれた魔法の本を読んでいると声がかかる。

「ジルベール様、旦那様がお戻りになられましたよ」

「はぁい」

お父さんが明るいうちに帰ってきた。珍しい。

シンシアは斥候系のＪＯＢを持っているから、誰かが家に近づくだけでわかるのだ。

明るいうちにお父さんが帰ってきたら出迎える。これは僕の大事な仕事だ。

シンシアを連れて玄関ホールまで迎えに行くと、ちょうどお父さんが帰ってきたところだった。

レドリックがお父さんの指示で玄関に木箱を積み上げていく。ロドリゲスもいた。

「ただいま、ジル」

「おかえりなさい、それなあに？」

レドリックとロドリゲスが玄関の外から運んでいる木箱。僕が入れそうなくらい大きい。

「お前の見つけたダンジョンから出たアイテムだ」

「え!?　ダンジョンもう見つけたの!?」

「ああ」

「僕も行きたいなぁ」

お父さんが手配したクランがダンジョンに入ったとのこと。

僕が関係していない人たちがダンジョンに入ってきちんと戦って結果を残せているようだ。これはストーリーとは関係なかったのだろうか？

　いや、でもまだ油断はできない。

「そうか、お前も男の子だな」

外套《がいとう》をメイドのファラに渡しつつ木箱に手を置く。

「ジルのおかげで手配できた冒険者クランにコボルドの殲滅《せんめつ》とダンジョンの捜索を任せててな。先日はダンジョンを発見したそうだ。まだ未公開のダンジョンでな。ドロップをこちらに持ってくるように指示を出しておいたのだが」

そこでお父さんが苦い表情になる。

「？」

「思いのほか新しいダンジョンにクランの連中が熱を上げて、何日も籠《こも》っていたらしい。その結果がこれだ」

「な、なるほど」

木箱から青い毛が飛び出ているが、これはコボルドの毛だろう。コボルドの代表的なドロップアイテムだ。

「何が有用で何が不要か、そんな調査を先にするべきなのに連中ときたら」

「あははは」

ドロップを提出することを忘れてダンジョンの中を歩き回ったのだろう。結果として大量のドロップアイテムを獲得する結果になり、それらがこっちに運ばれてきたといったところか。

「でも全部こっちに持ってきちゃって大丈夫なの？」

「そういう契約だからな。それだけ職業の書は無茶ができる代物なのだ。量が多いし場所も取る。玄関じゃなんだから、どこか……ダンスホールにでも運ぶか」

ええ？

「お母さん、怒らない？」

探知の魔法を使うようになってから知ったのだが、僕が寝静まった時間にお父さんとお母さんがダンスホールで踊っているのを知っている僕だ。もちろんその後の展開も読めているので探知を即座に切るようにはしているが。

「だが他に広い部屋がない。倉庫は玄関から遠いしな」

「アーカム様。ミレニア様に確認を取るべきです」

「オレは一緒に怒られたくないぜ？」

そんなことを言いだすお父さんにレドリックとロドリゲスから注意が飛ぶ。

「……そうだな。確認するべきだな」

「ここで待ってるぜ」

「早めにお願いしますね」

レドリックとロドリゲスは、まだ荷馬車にあるからと言って玄関の外に出る。

「……ジル、一緒に」

「シンシア、何が入ってるんだろうね！」

「ええ、ジルベール様と読んだ本に載っているもの以外のものもあるといいですね」

「そしたら新発見だ！」

「楽しみですね。旦那様が奥様のご許可を取り次第、開けましょうね」

「うん！」

お父さん、頑張って！

「毛だらけ苔《こけ》だらけ」

「よくもまあこれだけ集めたわねぇ」

「とっとと加工しないとダメになっちまうな」

「こっちは大量のミルクね。あ、瓶だけのものもあるわ」

「探索中に飲んだのであろう。それくらいは許可を出してあるから問題ないさ」

お母さんの許可は当然のように下りず、一階にある客間の一つから家具を全部運び出してそこに荷物を搬入。

積み上がった木箱を開けて中身を確認する。

「チェルシーは来てたかしら？　あの子なら赤傘キノコをポーションに、魔苔《まこけ》をマナポーションにできるでしょう？」

「ああ。瓶もあるから器も提供できるな。作成場所には役場の一ヶ所を工房として使わせるか」

「ならミルクはチーズに作り替えるか。ミルクと比べると肉が少ないな」

「連中が食べたのだろう。ミルオックスのドロップはほとんど肉なんだがな」

「これだけでも我が家で消費するには多すぎよ。領民にも振る舞ってあげましょう」

「そうだな。適当な理由をつけて配るとするか」

お父さんはそう言いながらミルオックスのレアドロップである『新鮮牛乳』を僕に差し出してくれた。

「いいの!?」

「ああ。美味《うま》いぞ。飲んでみるといい」

僕が受け取ろうと手を伸ばすと、シンシアがそれを横から掠《かす》め取り蓋《ふた》を開ける。

「どうぞ」

「ありがと」

シンシアの手には小さなナイフとそのナイフの先に紙の蓋。

うん、あれ専用のピックがないと開けらんないよね。

瓶が大きいので両手で持ってこぼさないように瓶から直接飲む。

日本で飲んだ牛乳よりも濃厚な味わいだ。飲み込むときの滑らかさも悪い。それでも味は美味《おい》しく、久しぶりに飲む牛乳に感動を覚える。

「美味しい！」

「ジルちゃん、こぼれてますよ？」

お母さんが僕の口元をハンカチで拭いてくれた。くすぐったい。

「ジルには瓶が大きすぎるな。コップにあけて飲むように」

「はぁい」

「アーカム様、そもそも瓶から直接飲む貴族なんていませんよ」

「それもそうか」

そう苦笑いするお父さん。

そもそも瓶一本は、僕には多すぎる。コップ半分でいいくらいだ。

「ごちそうさま」

今後はお風呂の後の一杯はこれに決まりだな。

「コボルドの毛って何に使うの？」

ゲーム時代では店に売るだけの品だ。それもほとんど値がつかない代物。

「まあ、正直な話あんまり利用先はないな」

「筆の先とかペットのブラシに使われるくらいかしら？」

「でも拾ってくるんだね」

「そこに何でも食べるスライムでもいない限り、ドロップ品は拾わないといけないんだ。足元に転がってると戦闘の邪魔になるし、ドロップの種類によっては魔物が利用したりもする。小さな魔石や魔力の籠った素材も、放置するとその魔石を他の魔物が食べてそいつが強化されたりするしな。ダンジョン内には物を残さないのが常識だ。自分の命に直結するような事態が起きれば別だが」

ああ、一定時間でダンジョンに吸収されるとかはないんですね？

「こちらはウルフの爪と牙ですね」

「そっちも利用しにくいな」

「こっちは木片だな。ん？　この木箱、この木片で作ってあるのか」

「ほお」

なんというリサイクル精神。

「こっちは、泥の塊ですね。泥パペットのドロップでしょうか」

「農家に渡して肥料にするか」

「錬金術師に加工をさせれば良い肥料になるんですけど」

「錬金術師連中はしばらくポーションとマナポーション作成に缶詰だろうさ」

泥パペットのドロップはそのまんま泥の塊だ。街中でのクエスト依頼に提出する粘着剤や肥料といったものに作り替えることができたはず。ゲームではＪＯＢ稼ぐのに作ったなぁ。

「こちらは、紙の束。ライドブッカーのドロップでしょうか」

「空《から》の魔導書はあるか？」

「あります。一冊だけですが」

「そうか！」

「おおっ！　それはすごい！」

空の魔導書は職業の書を含む魔導書系アイテム作成の必須素材だ。大人たちが盛り上がっている。

「魔導書の紙片、これだけ出して一冊ですか」

「自動人形のドロップはこの紐《ひも》の束ですね」

「あ！　冷たい歯車！　二つも！」

僕は覗《のぞ》き込んでいた紙束の奥にある歯車を見つけた。

「また微妙なものが出ましたね」

「ジル坊、よく知ってたなぁ」

「本に書いてあったやつだし」

自動人形のドロップは紐の束。これはとても頑丈で切れにくい長い紐だ。

女型の自動人形はレアドロップとして冷たい歯車、男型の自動人形は関節玉を落とす。

自動人形をテイミングできるアイテムを作れるレアドロップだ。欲しかったけどゲーム時代は全然ドロップしなくって泣いたアイテムでもある。

テイムアイテムはこれだけではなく他のアイテムも必要だから、すぐに作り替えられるわけじゃないけど、欲しいなぁ。

「この重い箱は鉄のインゴットか。さすがに数が少ないな」

「石や鉄のゴーレムを相手にすると武器が参っちまうからな」

「ゴーレム用の武器を作らせるのが一番か」

ゲームでは武器が壊れることはなかったが、こちらではそうはいかない。

金属の塊である武器は高級品だ。アイアンゴーレムのように硬い敵に剣で挑みたがる冒険者はあんまりいないそうだが、逆に専用の武器を用意してアイアンゴーレム専門でパーティを組んでいる冒険者がいるらしい。

「それと、こっちは魔石だな。でっけーのから小さいのまで。集めて魔核にできりゃいいんだが」

「ああ、錬金術師の数が足りないな」

お父さんが難しい表情を作っていた。

「しばらく表に出せぬ品だ。牛乳や肉は消費できるが、他はどうするか」

「いくつかは事情を知っているクラン連中に戻して、だな。ポーションの素材になる品はそれでいいんだが」

「売れるものは保管してそれ以外は処分しかないわね」

お母さんがそう言ってため息をつく。

「魔導書の紙片はいただけませんでしょうか。ジルベール様の文字の練習に使えます」

「え？」

「シンシア、素晴らしい提案だわ。アーカム、あなたもメモ書きはこっちを使いなさい」

「ああ、そうしよう」

「はえ？　魔物のドロップで勉強するの？　売らないの？」

「魔導書の紙片は正直、値がつかん」

「ライドブッカーのレアドロップである『空の魔導書』を狙ってライドブッカーの出るダンジョンで大量に生産されるから」

「五百枚セットで千キャッシュでしたっけ？」

「ええ!?　もったいない！」

魔導書の紙片はカードアイテムの作成に使うのに！

「錬金術師が魔法カードの作成に使いはするが」

「魔法カードって不便なのよね。それでいて値段はそれなりにするから」

「そうなの？」

魔法カードは魔法をあらかじめカードに封印して必要なときに使う消耗品だ。

使用者の魔力値でダメージを計算するから、序盤では手の空きやすい神官系のＪＯＢに使わせてダメージソースにすることが多かった。

「ジルベール様、錬金術師が作るからです。ポーションや魔核を作る彼らの時間を使う以上どうしても高額になるんですよ」

「買うのが貴族くらいっていう理由もあるわよ？　冒険者なら魔法カードなんて使わないわ」

「奥様の言う通りです。魔法カードで攻撃しないといけないような場所にわざわざ行く冒険者はいません」

　シンシアが補足してくれる。

「じゃあ魔導書の紙片、好きに使っていい？」

「ああ。存分に字の練習をしなさい」

「はぁい」

　そっちが目的じゃないんですけどね！


　他にも気になるものがあるならば持っていっていいというので、冷たい歯車ももらう。夏の時期でも常に冷えているものらしいから、枕の中にでも入れることにしよう。

　それと空き瓶に泥の塊を入れてもらってゲットだ。紐の束ももらう。

　それらを持って自分の部屋に戻る。

　レドリックとロドリゲスが魔導書の紙片が入った箱を二箱ずつ運んできた。しばらく紙に困ることはなさそうだ。

「シンシア、魔法を使うね」

「何をされるんですか？」

「絵の具溶かすのに水を入れるの。それと魔術書の紙片をカード化させる」

「水は私が持って参ります。カード化は……できるのですか？」

「わかんない！」

やったことないし、錬金術師じゃないし！

「じゃあ絵の具を使っていいコップも持ってきて」

「かしこまりました」

ドキドキしながら魔導書の紙片を一枚手に取る。

「完成品をイメージしながら魔力を込める。紙をカードにするには」

魔導書の紙片……魔力の定着がしっかり行えるので、この魔導書の紙片を使って作った本は長期保管に向いている。

「でも紙ってことは羊皮紙か植物紙なわけで。触った感じ植物紙なわけで」

錬金術で魔法カードに作り替えるには、錬金机で作業を行い属性に合わせた魔法のインクで自分が修得している魔法をカードに封印する必要がある。

でも僕の机は錬金机ではないし、使う絵の具も魔法のインクではない。ただのインクだ。

「この退屈な日々におさらばするためにっ！」

ずっと家の中にいるので、基本がお勉強で、家の中で遊べるかくれんぼやお庭での追いかけっことボール遊びくらいしかやることがない僕である。

だがいま僕の前にはカードの素材がある！

つまりカードゲームが作れるわけだ！

「ひっひっひっひっ」

わかっている。いつストーリーが始まるかわからないのに、おもちゃなんか作っている場合じゃないって。

しかしこれも訓練だ。

「いっぱいあるし、早速試してみようかな」

手に持った魔導書の紙片に植物属性の魔法をかけてみる。

日本の家にあった、紙のカードゲームの質感を想像、想像、想像。

「変われ」

僕の魔力を受けた魔導書の紙片の質感が変わっていく。

最初の状態より硬く、さらに硬く。そして形を、大きさも。

僕の手に持った魔導書の紙片は、最初のＡ４サイズの大きさからかなり小さく変化した。

カード化には成功したようだ。

「どれどれ」

触感もカードだ。折り曲げてみると、それなりに抵抗があるので簡単に折り目はつかない。

「ちょっと大きいかな……や、僕の手が小さいんだろうな」

カード化できたタイミングでシンシアが戻ってきた。

「シンシア、カード化できた！」

「あら、おめでとうございます、ジルベール様」

「うん！」

「それでは、行きましょうか」

「行くって？」

「旦那様のところです。一人で魔法を使ってはいけません。お約束でしたね」

「あ！」

僕は椅子から飛び降りて、ドアに視線を向ける。しかし僕とドアの間には可愛《かわい》らしい犬耳のメイドさんが立っている。

「逃げようとしてません？」

「ししし、してないしっ！」

何を言っているのかな!?

動揺した僕の脇をシンシアが優しく持ち上げて抱き上げる。僕の作ったカードも手に持って。

「さあ、行きましょうか」

「ひいいっ」

まだ荷物の整理をやっていたお父さんのところに連行される。レドリックたちに聞かれるわけにはいかないとお父さんの執務室へ移動し、めったくそ怒られた。

超怖かった。

思わず泣いてしまったほどだ。そして泣きべそをかいた僕に容赦なく飛んでくるお父さんのお叱《しか》りの言葉。

お父さん、絶対説教慣れしているっ！

シンシアはそっと執務室から出ていったのであった。

「では準備して参りますが」

「シンシアが戻るまで絶対に魔法は使いません」

「はい。よろしくお願いします」

翌日。昨日しこたま怒られた僕だが、シンシアにおもちゃを作るんだと言って改めて絵の具を使う準備をしてもらう。

うう、昨日たんまり泣かされたからか、まだ目が痛い気がする。

「戻りました」

「ありがとう」

「絵の具を使うとのことなので、こちらをテーブルに敷きますね」

「はぁい」

机を汚さないようにと、古いテーブルクロスも持ってきてくれた。パレット代わりの木のお皿も。

準備がいい。

「それで、何を作られるので？」

「カードのおもちゃ！」

「カードのおもちゃ、ですか？」

「うん！」

僕は早速魔導書の紙片を手に持つ。そして魔力を込めて、昨日考えついたイメージを……お父さんの怒った顔が浮かぶ。

いけないいけない、悪霊退散。

「ジルベール様？」

「なんでもないよっ」

僕は再度イメージを固める。

最初のイメージが大事だ。

「変われっ！」

僕の魔力が浸透した魔導書の紙片が大きさと形を変えてツルリとしたものになる。

魔導書の紙片の形のままではない。角が丸くなった、まさにカードだ。

日本のカードをイメージしたせいか、僕の手より大きいけどこれはしょうがないだろう。

「できた」

「これがおもちゃですか？」

「まだだよ！　同じのをいっぱい作らないと」

次の魔導書の紙片を手に取り、作ったカードを重ねて再び魔法を発動させる。

「同じになれっ！」

そうすると最初に作ったカードと同じ、白いカードができあがった。

「……ジルベール様は、隠れて魔法の練習をしていますね？」

「う」

「魔力の扱いが大変お上手です、が……現行犯ではないのでまあいいでしょう」

セーフッ！

「つ、次もいくよ！」

何枚かカードを作ると、魔力が半分くらい持っていかれた感覚に陥る。

「ちょっと休憩」

「魔力の残量はわかりますか？」

「大体半分くらい。思ったよりも魔力を使うね」

「魔法は詳しくないので、なんとも言えませんが」

そのまま十分ほど休憩をすると、満タン近くまで回復した。

「よし、再開」

「もう回復したんですか？」

「うん！」

そして魔力の残量に気をつけながら白紙のカードを五十四枚作成する。

「できた！」

「お疲れさまです」

僕が集中しているのを知ってか、静かに僕の横に座って眺めているだけのシンシアが声をかけてくれる。

次に作るのはハンコだ。

「泥、使っていい？」

「何をなさるのですか？」

「ハンコを作るの」

「ハンコ？　どのようなものですか？」

「えっとね、絵の具を付けてボンって押すと紙に絵が付くの」

「なるほど。カードに収まる大きさですよね？」

「うん」

僕が返事をすると、シンシアは空き瓶の中に入っている泥の塊を取り出した。

そこからパレット代わりに用意した木のお皿に泥を注いでくれる。

「このくらいかな？」

片手で掴《つか》めるくらいの泥を手に持って、今のカード化の要領で魔力を込めて形を変える。

反転させないといけないので、練習として左右があまり気にならない火が燃え盛るイラストを作成。

「あの、ジルベール様」

「うん？」

「詠唱をしていないようですが」

「んー？　慣れたみたい。五十回もカードにするのに使ったし」

「そう、ですか？　最初から詠唱をしていないように見えましたけど」

「あははは、まあ、うん、気にしないで」

「……やはり、どこかで……一体どこで……」

本当に気にしないで！

そもそも詠唱は集中力を高めるのにもイメージを固めるのにも有用な方法だ。でも今まで作っていたカードとは使う素材も形も違うし、そもそもこんなふうに物を作るために魔法を使うときの詠唱なんて知らないもん。

僕は明確にイメージを持ちながら泥を捏《こ》ねる。形と大きさに満足したら、今度は水の魔法で泥から水分を追い出し、形の固定化をはかる。何度か失敗しながらも、火のイラストになるようにハンコを作った。

「赤い絵の具を付けて」

「まずこちらで練習を」

「あ、そうだね」

気の利くシンシアが未加工の魔導書の紙片を出してくれたので、そこの真ん中にくるように赤い絵の具を付けたハンコを押してみる。

「ペッタンっと」

「かなりムラがありますね」

「むう」

絵の具を付けたときの量が悪かったのか、僕の力が弱いのか。何度か試すが、うまくいかない。

難しい。

「私がやりますか？」

「え？」

「魔力を使わない工程ですし。作りたいものも理解できましたので」

「えっと、じゃあお願い。この十三枚に押して」

「わかりました」

僕は席を空けてシンシアに譲る。

シンシアはスカートを押さえながら着席すると、試しにと魔導書の紙片にハンコを押した。

うん。僕より綺麗《きれい》だ。

「このような形で？」

「うん。カードの、なるべく真ん中に」

「わかりました」

シンシアがカードを一枚置いて、真剣な表情を見せる。

「コンセントレーション」

呟《つぶや》くのは弓士のスキル。集中力を高めて、正確な行動を行えるようになるスキルだ。

そ、そこまでするとはっ！

十三枚のカードにハンコを、すべて中心にミリ単位どころかそれ以下の単位のズレもなく正確に押してくれた。

「ふう」

「あ、ありがとう」

「いえ。乾くまで動かさない方がいいですね」

「そ、そうだね」

僕はシンシアに圧倒されつつも、テーブルから離れる。

「残りのカードは別のマークですか？」

「うん。それぞれ十三枚ずつ作るね」

それぞれカードにハンコを押したらインクが乾くのを待たないといけない。

だからカードを乾かしている間、他のカードに押すハンコも作成する。

カードのイメージは四種類だ。

火のカードは燃え盛る炎をイメージした赤のイラスト。

水のカードは雫《しずく》の青のイラストだ。

風のカードは優しく吹くそよ風を表現した緑のイラスト。

雷のカードは稲光をイメージ、黄色いイラストである。

雷は地にするつもりだったんだけど、茶色のインクがなかった。黄色を地にするよりはとそっちにした。雷かっこいい。

それと白い星のカードと黒い星のカード。

赤がハート、黄色がダイヤ、青がスペード、緑がクローバー。そして白と黒の星がそれぞれカラージョーカーと白黒ジョーカーの役割を持つ。

そう、トランプだ。

ハンコで作る関係でジャック、クイーン、キングにはしない。ジョーカーも同様だ。難しいもん。

同じように作りたかったけど、難しい造形を求められても僕の技術ではハンコにできないという判断だ。

その説明をシンシアにすると、シンシアは首を傾《かし》げる。

「カードでおもちゃという発想も驚きですが、その数字に意味があるので？」

「カードゲームってないの？」

「カードは武器か消耗魔道具ですよ？」

「ああ、なるほど」

シーフから派生するローグの武器と錬金術師が作る魔法カードくらいしかないのだろうか。

貴族や一部の認められた兵士や冒険者しかＪＯＢを得られないのであれば、十分に考えられる話だ。

「とにかく、作る。できたら一緒にあそぼ？」

「ええ、もちろんです」

シンシアは僕のお世話係だ。僕の遊ぼう攻撃を回避できるものではない。

「あと数字も作るの」

「数字もハンコで押すのですか。左右逆になりますけど大丈夫ですか？」

「そういえば」

この後、カードがそれぞれ乾くまでの待ち時間は、ハンコづくりに時間を持ってかれた。

シンシアがなぜか本気になり、数字の大きさやバランスの調整に色々注文をつけてきたのだ。

上下が反転しても読めるようにカードの左上と右下に同じ数字。もちろんそれぞれの属性の印と同じ色でだ。

ハンコを押す作業はシンシアに任せる。

そして再び発動されるコンセントレーション。

トランプもどきを作成し、乾ききるのを待って完成したのは翌日のことであった。

しかしそれで、ハイ終了とはならなかった。

「透明な保護液を上から塗りましょう。遊んでるとインクがかすれるかもしれませんから。ジルベール様が初めておつくりになられたものです。長く保管しなければなりません」

とか。

「背面にオルト家の紋章を押しましょう。無地は寂しいですし美しくありません」

とか。

「やはり保存用にもう一セット作るべきですね」

「奥様と旦那様にもプレゼントなさいませんか？」

「ケースもジルベール様がお作りになられませんか？　大丈夫です、パペットの木片なので魔力で加工できますから」

…………。完成せんわっ！　いつ遊べるんじゃいっ!?

「ジルベール様」

「はぁい」

「頑張りましたね。最後はお片付けです」

「わかりましたぁ」

四歳児の子供ボディの魔力と集中力はすぐ限界を迎えるのだ。毎日少しずつ作成していき、最初の一セットこそ一日で作り上げたが、シンシアに言われるがままに追加で四セットも作らされた。

すべてが完成する頃には一週間ほど経っていた。

まあ半分以上は乾くのを待つ時間だけど。

満を持して遊ぼうっ！　そう思ったら今度はお父さんとお母さんに最初に見せるべきだと主張をし始めるシンシア。それにはお父さんとお母さんが揃《そろ》って家にいて、手の空いている時間を狙わなければならない。あ、今日空いてるの？　あ、そう。

「お母さん、お父さん、あそぼ」

「ジルか、そうだな。何して遊ぶ？」

「まあジルちゃん、いらっしゃいな。今日も可愛いわ」

「朝もやったよ？」

それでもハグされに行く。僕はお母さんが大好きだ。

魔法の力で作ったものなのでレドリックやマオリーには見せられませんと言ったシンシアは、マオリーがいないタイミング、さらにお父さんも一緒にいるときを狙ってここだという瞬間を求めていた。

　意外と用意周到である。

「これ！」

僕は白い星のカードだけ残して、箱からカードを取り出した。

「それはなにかしら？　うちの家紋が入っているわね」

「ああ、例のおもちゃか」

お父さんは僕を叱ったので知っている。

「シンシア、きって」

「はい」

シンシアにはカードをシャッフルしてもらうやり方だけ教えた。

遊び方はお父さんたちに最初に教えるべきだと言って聞こうとしなかったからだ。

それとシャッフルするのにも難色を示していた。

このカードは全部順番通りに並んでいるのが美しいとかなんとか。

このままじゃ使えないから絶対覚えてと強く言ったのでやってくれたけど。動いている手が残像を生むくらい速い速度のシャッフルを習得していた。やりおる。

「裏が見えないように四人に配って。あ、一枚ずつ分ける感じね」

僕がやってもいいけど、手から飛び出ちゃうことが多いのだ。僕の子供ボディはシャッフルにもカードを配るのにも向いてないのである。

「それぞれ一個ずつ山を取って」

「あの、私も交ざるんですか？　ここはご家族だけで」

「シンシアも一緒に作ったからいいの！」

「ですが、今日は、その」

ちらりとシンシアがお父さんを見る。

「ジルの考えたゲーム、楽しみね」

「ああ。シンシアも交ざりなさい。ほら、ソファにかけて」

お父さんが頷《うなず》いてくれたので、シンシアも諦めてソファに座る。

なんか複雑そうな表情をしているけど？

「手持ちのカードで、同じ数字のものがあったらそれを外に出すの。こんな感じで」

僕が手元に配られたカードから火の二と水の二を落とす。

「こうか」

「これでいいのかしら？」

「あ、人にカードを見られないようにしてね！　カードの内容も言っちゃダメだからね！」

「ふむ」

「これが遊びになるのかしら？」

四人の手持ちのカードが徐々に減っていく。

「僕がまずお母さんからカードを一枚もらって、手元に入れます。同じ数字が手元にあったら、そのカードを捨てるの。数字が揃わなかったらそのカードはずっと手元に持っててね」

「ああ」

「わかったわ」

「わかりました」

僕はそうやって手元に揃った八のカードを二枚捨てる。

「僕がもらったら、今度はお母さんがお父さんからカードをもらいます」

「こうね、揃ったわ」

「だと、私はシンシアからもらえばいいのかな？」

「うん！」

理解が早い。まあそんなに難しくないから大人ならすぐにわかるよね。

「では私はジルベール様から」

「そう。どうぞ」

「いただきますね」

シンシアが僕からカードを一枚取り、揃わなかったようで手元に入れる。

「これを順番に繰り返していって、最初にカードが全部なくなった人の勝ちで、最後まで黒い星のカードを持っていた人の負けです」

「そう」

「わかりました」

「！　わ、わかった」

あ、これジョーカーはお父さんだ。

お母さんもお父さんの反応を見て目を細める。

シンシアはどこか余裕の表情を見せた。

「みんなルールはわかったみたいだね」

家族＋シンシアの血で血を洗う戦いが、いま火《ひ》蓋《ぶた》を切ったのであった。


五回ほどやって、結果僕が一番弱かった。

くそうっ、なんでや！

「ジルちゃんは顔に出るわねぇ」

「そうだな。もっと表情を抑える訓練をするべきだ」

「お二人とも、容赦なさすぎです」

「「そういうシンシアは一度も負けていない（わ）っ！」」

オルト一族三人からの追及も涼しい顔だ。

「これをずっと作っていたのね？　何かやっているとシンシアから聞いてはいたけど」

「ああ、なかなかに面白かったな」

「力や技以外で競う遊びなんて久しぶりにやりました」

シンシアは結構殺伐としてるなぁ。

「じゃあ次のやる？　別の遊びもできるよ」

「なに？　このおもちゃは他の遊びもできるのか」

「うん。今のが黒星で、七並べとか、数合わせとか二十五とか」

ババが通じないので、まんま黒星だ。

七並べはそのままでも大丈夫だろうと思い七並べ。

神経衰弱は意味が伝わらないし、四歳児の命名ゲーム名としては殺伐としすぎてるかなと思って数合わせにした。二十五は変則のブラックジャックだ。十～十三を十として扱うことの意味がよくわからないからである。また、Ａがないので一は数字の一として扱うことにする。

「すごいな、うちの子は天才だったか」

「素晴らしいわ、面白いし！　もっとやりましょう」

「ええ、ジルベール様は天才です。これらのものを魔法で、しかもほぼ無詠唱で作成なされました」

「「はい？」」

シンシアの言葉に二人の声が重なる。

「武器や魔道具であるカードをおもちゃにする、そしてその遊び方を考える。これは子供ならではの発想だと私は思いました。しかしこれらを作るのに、少なくとも水と土の魔法を詠唱なしで、子供という魔力の少ない状態でお作りになられました。私は魔法以外の部分をお手伝いいたしましたが、何度か聞いても『慣れたから』とおっしゃっていました」

「それは……」

「なんという……」

「少なくとも二つの属性の適性を持ち、その適性もかなり高いと思われます。旦那様、奥様、おめでとうございます」

シンシアの続けた言葉に、二人は笑みをこぼす。

「素晴らしい！　これは未来の賢者かもしれぬな」

「私の水の適性を受け継いでくれたのね？　ママ嬉《うれ》しいわ」

その言葉に僕は冷や汗がマックスになる。二属性の適性で喜ばれていらっしゃいますけど……多分全部の属性の適性があります。

「それと、もう一つ喜ばしいご報告がございます」

「まだあるのかしら！　もう私、驚きすぎてどうにかなりそうよ？」

「シンシア、なんだというのだ？」

シンシアはバスケットに入れた、二人のために作ったトランプもどきを取り出した。

「ジルベール様がご用意いたしました。お二人の結婚記念日のお祝いです。ジルベール様、こちらをお二人に」

「はえ？　結婚記念日!?」

「まあ！」

「おおっ」

お母さんが口元を押さえて、立ち上がる。

お父さんも目を輝かせた。

「あの、シンシアさん？」

「ふふ、サプライズ成功ですね」

「僕、知らないんですけど……」

小声でシンシアに指摘するも、シンシアは嬉しそうに僕にトランプもどきを渡すだけだ。

「えっと、お父さん、お母さん、結婚記念日、おめでとう？」

「嬉しいわ、こんなに素敵な記念日が今まであったかしら」

「息子からの手作りの品か、これは家宝にせねばならんな」

「えっと、遊んでね？」

とはいえ、一家に一個あればいいものだけど。

「ご安心ください、保存用も作成していただきました。保存用には希少品を保管する時空魔法が付与された宝石箱の注文を検討中です」

「素晴らしい！」

「さすがシンシアね」

「ねえ、それ絶対高いやつだよね!?　知らないけど聞いただけでわかるよ!?」

シンシアさん、そんなキャラだったんですかね!?

家族でカード遊びに興じる日が増えた。

シンシアと二人で遊べるようにスピードなんかもやったけど、全然勝てなくて涙目だ。「右のカードが出せますよ？」とか「早くそのカードを出してください」的な圧を感じるのだ。一人でも遊べるよと教えておいた。

お父さんの要望で同じトランプもどきも追加で三セットも作ったりしたし、無地のカードを大量に作ったりもした。

夜にチュートリアルダンジョンに行ってやることもやっているけど、そこまで変化のない日々だ。だって屋敷から外に出ないんですもの。

屋敷内の顔ぶれも変わらないので、変化のしようがないのだ。

そんな日々を過ごしていると、変化が起きた。家にお客が来るから出迎えようということに。

「僕が会ってもいいの？」

「ええ、大丈夫ですよ」

何度か話に出たけど、貴族の子供はお披露目を終えるまで家の中から出ないし、必要最低限の人間以外と会うことはない。

子供を大事にしているといえばそれまでだけど、退屈で窮屈な生活だ。

「失礼します」

「ああ、来たな」

「ジルちゃん、いらっしゃい」

お父さんとお母さんと、向かい合っているのはおじさんとおじいさんの中間くらいの男性。

僕と目を合わせると、ニコリと微笑《ほほえ》んでくれた。口髭《くちひげ》がダンディ。

「ジルちゃん、ご挨拶を」

「はぁい」

お母さんの横に立った僕は、そのおじさんに顔を向ける。

「オルト家次男、ジルベール＝オルトです。よろしくお願いします」

「ご丁寧な挨拶を。ワシはクレンディル＝ボイラー。エルベリン家の執事長をしておりました」

エルベリン家？　確かお父さんの実家、伯爵家の人だ。

「おと、父の実家ですね。おじいさまとおばあさまはお元気でしょうか？」

「ええ、ええ、今はミドラード坊ちゃまと楽しく過ごされております」

「そうですか。兄がお世話になっております」

ペコリと頭を下げる。

「……ふむ。最後が減点ですが、良いご挨拶ですな」

「うちの息子は謙虚なんだ」

「ジルちゃんは使用人にも優しいですから」

減点って何？

「ジル、こちらは父の家でミドラの教育係をしてくれていた男だ。今後はお前に礼儀作法や軍盤の指導をしてもらう」

「よろしくお願いします、ジルベール坊ちゃま」

「よ、よろしくお願いします」

ふむ、と口髭を撫《な》でながら僕の目を捉える。

「ミドラード坊ちゃまと違いますな」

「お兄ちゃんは元気の塊みたいな人だから」

「長男は少し甘やかしすぎた。反省をしている」

「ミドラちゃんと違ってお勉強ができる子よ？」

え？　僕ってかなり甘やかされてると思ってるけど？　お兄ちゃんもっと甘やかされてたの？

「ほっほっほっ、ミドラード坊ちゃまも今は立派に貴族の一員にございますよ。ジルベール坊ちゃまも負けてはいられませんな」

「お兄ちゃんに勝てるイメージは湧きませんが」

なんといっても物理に特化している人なのだ。お父さんに似て格好いいけど。

「なにもミドラード坊ちゃんに剣で勝てという話ではございませんよ。礼儀作法やご勉学、何よりもコレですな」

そう言うとクレンディルさんは足元に置いてあった大きい鞄《かばん》を叩《たた》く。

「わざわざすまないな。重かったのでは？」

「趣味みたいなものですのでご心配なく」

僕が視線を向けるその鞄、ずっしりと重量がありそうだ。

あれ全部参考書とかじゃないよな？

そう思うと僕の口元がひくついてしまう。

今日は顔見せと簡単な指導を行うとのことで、部屋に移動だ。

お父さんたちは来ず、僕とシンシアとクレンディルさんで僕の部屋に。

「それでは早速、まずは遊びから始めましょうか」

「遊びからですか？　えっと、クランディル……先生？」

「クレンディル先生です、ジルベール様」

「あ、申し訳ございません」

「いえ、構いませんよ」

にこやかな笑顔で手を振りながら、ずっしりとした鞄から大きな木の箱を取り出す。

その箱の中には、いくつものチェスの駒のようなもの。

軍盤だ。

「軍盤はご存じですかな？」

「はい。お父さんがレドリックとやっているのを見たことがあります。でも見ちゃいけませんって」

「それはそれは、この爺《じい》の楽しみを取っておいてくれたのでしょうな」

「楽しみ？」

「ええ、まずは軍盤のルールをお伝えしましょう」

彼は土台となるマス目の引かれた板を机に置いた。

ぱっと見、将棋盤のマスみたいだ。

「こちらが駒にございます」

続けて取り出したのは白と黒の駒。こっちはチェスの駒のようだね。

「一番多いこの駒が兵士。こちらの傭兵《ようへい》、魔法兵、騎士、近衛騎士、騎馬、弓兵が各二駒ずつ。そしてこれが王と王子にございます」

「王と王子……」

大きな冠をつけた駒と小さな冠の駒。

「ルールは駒を互いに動かし合って、最終的に相手の王を取るか相手に降参させるゲームです。こちらが駒の動かし方を書いた紙です」

「なるほど」

駒の動かし方は違うけど、とってもチェスっぽい。マスの数は将棋と同じだし、駒の種類も違うけど、やはりチェスっぽい。

「駒の配置は自由。手前の三列のマスに好きに配置していただいて構いません」

「決まった配置じゃないんですね？」

「ええ、戦争を模したゲームですからね。お互いに見えないように、駒の配置の際にはマスに目隠しの仕切り板を置きます」

　大きな木の箱には仕切り板も入っているようだ。

「配置のルールとしては、兵士を同じ列に四体以上並べてはいけないこと、つまり最初は九体しか兵士を場に置くことができませぬ。それと王と王子は必ず配置しなければならないこと、王は最初は必ずマスの中央手前に配置しなければなりません。また最初の配置ですべての駒を置く必要はありません」

「？」

「駒を動かさない代わりに、自分の手持ちの駒を手前の三列のマスのエリアに自由に出すことができます」

「手前の三列ね」

　将棋みたいに王手をかけるときにバンバン駒を出すことはできないらしい。

「自分の駒だけではなく相手から奪った駒も出せます。ただ、王子と近衛騎士は出せません」

「王子や近衛が自分の王様を裏切ることはないってことかな？」

「さようにございます」

　いくつかの駒を持ち上げて、渡された駒のリストと比較して動かし方を確認する。

「それと王子が取られると、傭兵は裏切りますのでご注意ください」

「盤面上でいきなり相手の駒に変わるんですか？」

「その通りです」

傭兵は情勢によって裏切るんだね。

傭兵は前と横に二マス進める移動に優れた駒だけに攻撃にも防御にも使えそうだけど、変な位置で裏切られると致命傷になりかねないな。

「とまあ簡単にルールをご説明いたしましたが、何かご質問はございますか？」

「前に駒があるとき、そこを飛び越えて移動することはできるんでしょうか？」

味方の兵士を飛び越えて騎馬が突撃みたいな？

「それができるのは魔法兵のみにございます」

魔法兵、桂馬みたいに動くやつね。

「なるほど。兵士の後ろに新しく兵士を出してもいいんだよね？」

「問題ございません」

二歩はないらしい。

「それ以上進めなくなった駒はどうなる？」

「死に駒と呼ばれる駒ですな。戦場で歩みを止めた者はもはや死んだと同様。相手に取られます」

「おおう」

成ったりプロモーションしたりっていうルールはないようだ。

「好きに並べてもいいっていうのも困るね。定石とかないの？」

「もちろんございます。そちらは軍盤に慣れてからお教えいたします」

「なるほど」

僕は駒を見つめて考える。動きが止まった僕を見てクレンディル先生は仕切り板を盤上に置いた。

「考えがまとまったら、とりあえず並べてみるといいでしょう。初めてですから時間はかかっても構いませんので」

「わかりました、やってみます」

軍盤はこの国の戦略シミュレーションゲームだろう。そういえば『ユージンの奇跡』でも選択制だったが軍を率いて戦うことがあった。

今のうちにこういったもので勉強をしておけば、ストーリーが始まったときに役に立つかもしれない。

僕は気合を入れて、駒の動かし方を頭に叩き込む。

そして、将棋のようにそれぞれの駒を配置した。

駒の動きや種類は違うけど、やったことはある。初心者と甘く見られているうちに実力を見せつけてやろう。ふふ、楽しみだぜ！


「参りました」

秒で負けました。

「ほっほっほっ、ありがとうございました」

ジジイつえええええ！　手加減なしだ！　いや、騎馬と弓兵を使わないいわゆる二枚落ち状態でやってるから手加減されていますけど！

「ジルベール坊ちゃまのように横に一線とした並べ方を、受包隊列といいます。相手がどのように駒を配列しても、受けやすく反撃しやすいのが特徴の並べ方ですな」

いくら考えても答えが出なそうだったから、できるだけ将棋の最初の配置に近いように並べただけなんですけどね！

「傭兵を最初に配置しないのも面白うございました。それは隠し刃《やいば》と呼ばれる技法で、王子の位置や盤上の状態によって動かしやすい傭兵を配置するという戦略にございます」

将棋の駒に似たような動きができる駒がなかったので浮いただけです。

でも一時は守りの要《かなめ》になってくれました。傭兵がんばった。

「しかし王の前に王子を配置したのは大胆ですな。王子を角に配置し、あまり動かさないようにする方も多いですのに」

「王と王子を別々に置いたら、王子を諦めないといけないタイミングが来そうだと思ったので」

王子は王と同じで、全方向に一ずつ進める駒だ。将棋では王や玉の動き、それと金と同じ動きをする近衛騎士がいた。

配置に頭を悩ませた結果、王子は王の前に置いてお茶を濁したのである。

「軍盤には戦略家としての性格が出ます。攻撃を好まれる方は中央を厚くし兵を押し出して真っすぐ攻めてきます。逆に守りを好まれる方は最初の配置で王を角に逃がします」

将棋でいう穴熊囲いみたいな感じかな？　他の駒の配置を最初から変えておけば王をそこに移動

させるだけで済むから将棋よりも手がかからなそうだ。

「相手がどの手の差し手かを見越して、初期配置を変えるんだね。随分と複雑なゲームだ」

「ええ、その通りにございます。しかし投了まで早うございましたね」

「あと五手で詰ん……王の逃げ場がなくなっていたから」

「ほう！」

手を叩いて喜ぶクレンディル先生。

「素晴らしいです！　初日で相手の差し手を予測できるとは」

「や、最後だけだよ？　僕がこう逃がしたら、騎馬で前に出てくるでしょ？」

駒を動かして僕が負ける姿を再生させる。

「いやはや、驚きです。その通りだっただけに」

「途中途中で自分が打った手に対し、相手がどう動くかは予測できないからね？」

何万通りあるんだよって話だからね。僕は将棋はルールは知っているけど、指せる人間ではないのだ。日本時代の父親とちょっと齧《かじ》った程度だから。

「少しご休憩をなされたらいかがですか？」

シンシアが紅茶の用意をしてくれた。

「ありがとう。でも先生の軍盤にこぼしてはいけないから、別の机でいただくよ」

「お気遣いありがとうございます」

先生の持ってきた駒は多分『高い』駒だ。子供の僕が相手なら普通は木製などの駒を使うべきだろう。

お父さんたちが使っていた駒も、置いたときの音とかが木製っぽかった。

でも先生の持ってきた駒は木製でもなければ金属製でもない。

恐らく石とか魔物の骨や牙といった部位を削って形をつくり、磨きあげられたモノ。そういう類《たぐい》のもののはずだ。

ちょっと聞いてみよう。

「先生、この駒は何で作られているのですか？　触った感触が馴染《なじ》みのないものでした。もしや何か由来のあるものではないのでしょうか？」

「おお！　よくお気づきになられましたな！　こちらの黒い駒はオニキスゴーレムと呼ばれる魔物の体から作られた逸品ですぞ！」

「黒い駒ってことは、こっちの白い駒は」

「こちらはシラーゴーレムから作られております。見る角度を変えると青白く輝く宝石のような駒にございまして、かの有名な宝石職人、マラリアス＝エッフェルバッハ殿が自ら削り磨きあげて、なんと五年もの歳月をかけて作りあげたという……」

やべ、聞かなきゃよかった。この爺《じい》さん、その手のマニアの人だ。

紅茶を準備したシンシアが礼をしてひっそりと部屋から退出していくのが見える。

僕は背中にじんわり汗をかきながらも、平静を保ってクレンディル先生の話を聞き続けることとなった。

シンシアが食事の準備ができたと呼びに来るまで、クレンディル先生の口は止まらず、駒を動かす手も止まらなかった。

危なかった、シンシアが来なければ今度は盤の謂《いわ》れと専用ケースの話になりそうだった。

「シンシア、主《あるじ》を置いて逃げないように」

「私の主は旦那様ですわ、ジルベール様」

思わず尻尾を掴《つか》んだら頭を軽く叩かれました。


「……とこのような経緯から軍盤が神の世界からもたらされたといわれております。これは知恵の神による采配か、戦いの神による采配か、未《いま》だに決着はついておりませんが、いずれかの神が関わっていると言われているのでございます」

安心してください、一日またいでおります。

あれから食事の後、ちゃんとお風呂に入って寝ました。歯も磨いております。

今日はクレンディル先生の軍盤の成り立ちと歴史の授業です。興味ありません。

「というか、軍盤が神々からもたらされたものだとしたら、僕のトランプもどきってまずくない？」

「ジルベール坊ちゃま？」

「いえ、なんでもないです。戦いの神様に頼まれて知恵の神様が考案した、と考えるのが自然なのではないかなと。ルールが明確ですし」

「おお、ジルベール坊ちゃまもそうお考えですか！　その説も有力ですな。これほど整いつつも奥が深く美しい遊技です。知恵の神様がご考案なされたとお考えになられるのは当然かと思われます」

誤魔化そうと適当なことを言ったら思いのほか食いついてこられた。

「戦いの神がお考えになられたらもう少々殺伐としたものになっていたのではないかと、そう考える者もおりますので、ゲーム自体は知恵の神の考案なのではないかと考えられているのが基本ですな。そしてそれを地上にもたらしたのが戦いの神かと」

知恵の神、戦いの神、美の神、商売の神、人の神、エルフの神、獣の神。神話に目を通すたびに色々な神様が現れるのがこの世界である。

名前は伝わっていない神様が多いのか、だいたい○○の神と呼ばれることが多いです。

神話のレベルが三千年前とかだからなぁ。ユージンたちでさえ二百年前だというのに、この世界はもっと前から存在していたということか。

「どうなんでしょうか。わかりませんね」

「そうですな。考えても答えの出ないものと思っていただいて結構かもしれません。ジルベール坊ちゃま、軍盤を与えられた神々への感謝の気持ちが大事なのですよ？」

「はぁい」

そう言って参考書を閉じて軍盤を取り出すクレンディル先生。座学の後は実戦らしい。

「この爺めが教える前に、相手の手を読むことを知ったジルベール坊ちゃまには経験が必要ですな。

今日は仕切りをせずに布陣を先にお見せしましょう。そしてこちらの布陣を見たうえで駒を並べてみるのです」

「二枚、……えっと駒はすべて揃《そろ》ってますか？」

「ご安心を、昨日と同じように騎馬と弓兵は外してお相手いたします」

そう言ってクレンディル先生は僕の前でさっさと駒を並べていく。

中央には兵を置かず、脇に傭兵や騎士、魔法兵を並べた配置だ。

「なんとも攻撃的な」

「ほっほっほっ、見ただけでおわかりになりますか」

「こちらの王まで中央突破する気満々の布陣、に見えます」

「ではどう配置をなさりますか？」

「……こちらは兵士を配置します」

少し考えて出した結果は、相手の強い駒にこちらの弱い駒を取らせて誘導するという戦法だ。

それを実施するには、相手の進軍位置に合わせて兵士やその兵士のカバーをするための傭兵の配置が必要になっていく。

うわ、王子の配置が難しいな。

僕はぶつくさ言いながら駒の位置をこっちじゃないあっちじゃないと動かして配置を決めていく。

「お考えください。近い配置を取れるようになれば、定石の配置をお教えいたしますので」

「頑張ります」

攻め気の強い配置に定石がありそうだ。そしてそれに対抗するための防御寄りの配置の定石も当然あるだろう。

相手の攻める位置が見えている今の状態は、かなり僕に有利だ。

準備ができたので早速始める僕ら。

「まあこんなものでしょうか」

「マジかぁ」

配置の利を取ったうえで負けた。この爺さん、ハンデはくれるけど加減はしないタイプの人間と見た。

「勝てぬぞ、父よ」

「クレンディルは軍盤の国内チャンピオン経験者だ。すぐには勝てぬ」

「……なるほど」

あまりにも強いクレンディル先生への愚痴はお父さんに聞かせるのだ。僕の勉強中にあまり様子を見に来ることもなく、食事の時間以外は屋敷の外にいることの多い人だから、捕まえられるのは食後や寝る前、お風呂なんかの時間だ。

今日はお風呂の時間に捕まえることに成功。

もうすぐ四十歳に差し掛からんとしているこの人だけど、筋肉ムキムキやで？

僕？　四歳児の体はプニプニやで？

「初日はともかく、今日も指したのか」

「うん。見事に負けました」

「ほお、レギュレーションはなんだ？」

「レギュ、何？」

「基本ルール以外の追加ルールのことだ。ハンデをもらったであろう？」

それは正式な名前があるのかな？

「えっと、先生は弓兵と騎馬を外してた。それと目隠しなしで先に布陣をして、この布陣に勝てる布陣を考えなさいって。それで勝とうと思って並べたけど、勝てなかった」

むう、こう言うとかなりハンデをもらっている気がする。

「そうか」

パシャ、とお父さんが肩をお湯で濡《ぬ》らす。

「私はクレンディルの軍盤の師、彼の父に軍盤を教わったのだが」

珍しくお父さんが身の上話を始めてくれる。

「僕と同じ歳に始めたの？」

「ああ、そうだ。そして毎日駒を並べて進めさせられた」

「？」

何してたって？

「駒の動きを覚えるのに、兵士を握って一歩ずつ進ませたり、そういうことだ。ジルのように対面に座って、ハンデ有りとはいえ打たせてもらえるようになるまで一ヶ月の時間がかかった」

「うへぇ、先生のお父さんは厳しい人なんだね……」

クレンディル先生でよかった。

「ミドラがハンデ有りで打たせてもらえるようになったのは二ヶ月後くらいだったかな」

「え？　お兄ちゃんの先生はクレンディル先生だよね？」

「ああ。まだお母さんも一緒にお父さんの実家に住んでいた頃だな」

「結構前の話だね」

クレンディル先生が丸くなったかな？

「ハンデはミドラに配置を見せたうえで兵士と傭兵、王と王子だけで勝っていたな」

「容赦ないなー」

そんなことされたら僕はグズって泣くぞ？

「まあ、それだけクレンディルは軍盤の妙手だということだ。私とやるときでさえ、奴は弓兵か騎馬のどちらかを抜いて勝負するのだからな」

「とんでもなく軍盤好きなのは伝わったけどねー」

「駒とマス盤の自慢が始まったら長いぞ？」

「もう食らったよ。先に言ってよね」

「不用意にあやつに軍盤の話を振るとそうなる。いつか捕まるんだから知っていたところで逃げられんさ」

はっはっはっ、と浴室にお父さんの笑い声が文字通り響く。

「奴の話は適当に聞き流すのがよいぞ？　しかし軍盤関連の物を粗末に扱うと、それはそれは長いお説教が始まるから気をつけた方がいい」

「えっと？　例えば？」

「ミドラが軍盤を片付けずに庭で遊んでたら、そのまま首根っこ掴まれて説教だったらしいぞ？あまりにも長いし、軍盤の話が中心で何を怒られたのかよくわからなかったらしい」

「うわぁ」

てかお兄ちゃん、怒らせたんだね？

気をつけよ。

お風呂を出てミルオックスの牛乳を飲む。魔法で冷やしたいなぁ。

「今まで僕が軍盤を触らせてもらえなかったことって何か意味があるの？」

そういえばと思い、大型ドライヤーに頭を半分突っ込んだ状態でお父さんに聞いてみる。

「それはクレンディルの趣味というか、弟子入りの条件でなぁ」

お父さんは自分の体を拭きながら、僕と同じように牛乳に手を出している。

「条件？」

「うむ。昔の話になるのだが、クレンディルが家庭教師として呼ばれた家があってだな。そこの家では軍盤が使われずにしまわれていて、子供が軍盤を知らなかったのだ」

「そういうもんなの？」

礼儀作法の家庭教師が一緒に教える程度には、貴族のたしなみ的な立ち位置なのではないのだろうか？

「夫と死別した貴族の家系でな。女性は軍盤をあまり嗜《たしな》まないからすっかり忘れられていたらしい」

「なるほど」

そういうこともあるのか。

「初めて軍盤を見た子供にルールを教え、好きなように並べなさいと指示したその並びが、クレンディルにはとても新鮮で、それでいてとても戦略的に優れた配置だったそうだ」

「それってその子がたまたま天才的な才能を持っていただけじゃないの？」

あんなもんを五歳とか四歳の子供が頭を捻《ひね》って並べたところで、定石がある程度できている軍盤でそんな優れた配置になるわけないと思う。

「はは、お前の言う通りだ。軍盤の現チャンピオンがその子供だ。もう二十になるかな？」

「やっぱり天才じゃん」

いるんですよねー、そういう意味のわからない才能に満ち溢《あふ》れている主人公的……まさかゲームの登場人物か!?

可能性はある。

軍盤に勝てば仲間になるキャラクターだったり、ストーリー進行に有利になるアイテムやクエストクリアアイテムをくれる重要キャラクターだったりするかもしれない。

「そうかもしれないが、かなりの数をクレンディルと指したそうだぞ？　ルールに慣れ、定石を覚え、過去の盤譜を幾度も見直し、対戦相手の性格まで調査をした彼女はもはや手の出しようのない歴代最強のチャンピオンとなった」

「努力する天才」

手に負えないヤツっ！

「努力の価値を知るが故に天才と呼ばれるのかもしれん。彼女と並び立てる軍盤の指し手は国内には何人もいない」

「どんな頭の構造してるんだろうね」

僕の言葉にお父さんが変な顔をしている。

「そうだな。まったく不思議でならない」

髪の毛を乾かし終わった僕に代わり、お父さんが大型ドライヤーに頭の半分を突っ込む。

「軍盤が強いと、軍で指揮を執ったりする立場になれるの？」

「興味あるか？」

「あんまり」

僕は多分、特記戦力的な立ち位置を求められる側の人間だ。

「軍盤が強い人ほど、人の指揮を執るのが苦手だといわれている」

「そうなの？」

「ああ。人は駒と違い、指し手の思う通りには動かぬからな」

なるほど。

「そりゃあ、そういう人ほど歯がゆい思いをしそうだね」

「だがまったく知らないわけにもいかぬからな。貴族は私のような領主や騎士などの兵を指揮する位置に立つ人間になりやすい。故に軍盤だ。戦争などといった大規模な戦いはないが、領同士の対立などで軍を動かすことはあるし、魔物の氾濫もある。そういったときの話し合いの場で使われるのは軍盤だからな」

「地図か何かの上で駒を並べて戦力を確認したり？」

戦争もののドラマや映画なんかにそういうシーンあるよね。

「そうだな。わかりやすいだろう？」

「精巧な地図があれば、かなぁ」

僕の言葉にお父さんが面白そうに声を殺して笑った。

「さあ、湯冷めしないうちに部屋に戻りなさい。それに遅くまで起きているとクレンディルに捕まって軍盤に誘われるぞ？」

「その役割はお父さんに譲ろう」

そうすればクレンディル先生の手が塞《ふさ》がるはずだ。

「おやすみ、お父さん」

「ああ。ミレニアにも挨拶をするんだぞ？」

「はぁい」

お風呂から出たらすぐ寝るのだ。だけどお母さんにおやすみの挨拶をしないといけない。

忘れると部屋まで乗り込んできて布団に入ってくるから、絶対に忘れてはいけないのだ。


「むむむむむ」

「ふっふっふっ」

「ジルベール様、はぁ」

唸《うな》るクレンディル先生、不敵に笑う僕、そして呆《あき》れるシンシアの図ができあがった。

「さあ先生、早く次のカードを出すがいい」

「むう、ジルベール坊ちゃま、さては火の四を止めているのは坊ちゃまですかな？」

「さあ、なんのことでしょうか？」

初めて触った軍盤でボコボコのボコにされた僕だが、それならばとトランプもどきを準備して対抗である。

我が家では四人でやると人気が出る七並べだ。

僕は火の三以降の数字がないので、安心して火を止めておくことができるのである。

「この爺めを陥れるとは、やりますな」

「初めてやる遊技で負ける気持ちを味わうがいいっ」

「ほっほっほっ、これはしてやられましたな」

どのゲームをやらせても妙に強いシンシアは順調にカードを減らしていった。

僕は星のカードを使い、自分にとって不利なカードを片付けたのであとは人の妨害をしつつ手持ちのカードを減らせばいい。

「ジルベール様。水の四も止められておりますね？」

「ふふふ、まあクレンディル先生の苦戦ぶりからわかるよね」

シンシアが目を怪しく光らせつつ、頭の上の耳をピクピクと動かした。

「本日のおやつはミルオックスの牛乳をふんだんに使ったプリンだそうです」

「へえ？」

シンシアの言葉に僕の喉がゴクリと鳴った。ただ飲むだけであそこまで美味《おい》しいミルオックスの牛乳。そんなものがお菓子になったら最強ではないだろうか？

いや、最強だろう。

「シンシアは味見したのかい？」

「いえ。ただロドリゲスが久しぶりに満足な味が出せたと喜んでおりました」

「それは楽しみだ」

「ええ、私共使用人の分も含めて多めに作っているんだそうです」

そこでシンシアが指でトントンと水の四のある場所を叩いて、僕に交渉をもちかけた。

「二つ、そこまででしたら融通いたしましょう」

「！」

「あまり食べられますと夕飯に差し支えますから、二つです」

「それは、そこまでの価値があるとでも？」

確かに美味しいお菓子は魅力的だ。ただ滅多に勝てないシンシアへの勝機を、ここで逃したらいつチャンスが来るかわからない。

「ちなみにですが」

「うん？」

「水の四、出していただけないのであれば、プリンのサイズが小さくなるかもしれませんね？」

くすり、とカードで口元を隠したシンシアから聞こえてくる。

「ひ、卑怯《ひきょう》なっ！　交渉ではなく脅迫ではないかっ！」

「どう取っていただいても結構です。ですが厨房《ちゅうぼう》からプリンを運ぶのは私です。わかっていますね？」

「プリンを人質に取るとはっ」

「お主ら、いつもそんな感じで遊んでおるのかの？」

呆れた顔をしたクレンディル先生がパスをした。

「先生、ロドリゲスのプリンは傑作なんですよ!?」

「ジルベール様、こっそりカードを袖に入れないように」

「目ざといっ」

「これはペナルティが必要になる案件ですかね」

「水の四出しまーすっ！」

シンシア一抜け、僕二抜け、先生三抜けとなりました。

プリンは大きめなのだけど、一つに。く、初めから交渉を成立させておけばよかったっ！

そんな遊びをしつつ、クレンディル先生の授業を受ける。今日は軍盤ではなく、礼儀作法のお勉強だ。

「以上のように、相手によって挨拶の方法は変わります」

「自分と相手の立場を明確に把握していないと難しそうですね……」

礼儀作法は、貴族に求められる必須技能といえるだろう。

特に僕は、ゲームのストーリーの関係上、貴族の助けを必要としたり貴族を助けるクエストが発生する可能性が高い。

どんなゲームなのかは未だにわからないけど。

ゲームのストーリーの展開によっては、より権力を持った人間を説得しなければならないときが来るかもしれない。

そもそも僕はお父さんとお母さんが馬鹿にされるような真似はできないのだ。全力で勉強しなければならない。

「ちなみにジルベール坊ちゃま。ご自身のお立場はどのようになっているかわかりますかな？」

「えっと。子爵の第二子、です」

「それは貴族ですかな？」

「えっと、貴族ですよ、ね？」

　違うの？

「国の法の視点から見ると、子爵家の子供は貴族と扱いません。侯爵家と公爵家の子供のみ、正式に貴族として扱われます」

「そうなんだ？　じゃあ平民ってこと？」

「それも正確ではございませんな」

　クランディル先生が首を横に振った。

「どういうことなの？」

「周り次第です」

「周り次第？」

「例えばこの場に国王陛下がいたとしましょう」

「うん」

「国王陛下がジルベール坊ちゃまを貴族として扱えば貴族です。そして平民として扱えば平民です」

「ええぇ？」

「ジルベール坊ちゃまの場合アーカム様が子爵でございますから、他の子爵家から見るとジルベール坊ちゃまも貴族として扱われます」

「明確に定まってるわけじゃなくて、その場で力を持つものに決定権があるような感じですか？」

「まさにそうです。ですが侯爵家より伯爵家の方が派閥などの関係で力が上だったりすると、複雑になっていきます」

面倒そうだ。

「僕はどう考えれば正解？」

「基本的に自分は子爵家の息子であり貴族の一員であると考えていただいて結構でございます。ですが、ジルベール坊ちゃまを貴族と扱わない者もおります。そこを忘れないようにしてください」

「そういうのの相手はしたくないなぁ」

「お気持ちはわかりますが、その場合は軍盤で勝負でもすればいいでしょう。これで勝てば大抵の相手は黙らせられます」

「クレンディル先生ならではの解決方法ですね……」

軍盤を覚えたての僕ではとても使えない方法だ。

「貴族としての立ち居振る舞いや知識で、何か一つでも上回ればいいのですよ。そうすれば相手は何も言えなくなるものです。平民と戦って負けたと周りに罵《ののし》られるわけですから」

「貴族って面倒くさいね。でも立ち居振る舞いや知識、軍盤なんかでも勝てないのが相手だったら？」

どうしようもなくない？

「すべてにおいて優位に立てられるような方は、立派に貴族としての教育を受けておりその御心《おこころ》も豊かにございます。そのような方が周りの貴族の子や下位の貴族を見下すような真似はしますまい」

「そういうものですか」

なんか言い含められているだけのような気がしなくもない。

「ジルベール坊ちゃまはとりあえず王族へのご挨拶を完璧にしなければなりません。お披露目のときにお言葉を賜るのですから。王族の周りには領主であり子爵であるアーカム様よりも上位の役職を持つ方も多くいらっしゃるでしょう。そういった方へのご挨拶も覚えませんといけませんな」

「がんばる」

大人だった僕は社会人として、立場が上の相手と話したり交渉したこともあった。クレンディル先生の言うことの大事さは身をもって知っている。

文化の違いは当然あるけれども、立ち居振る舞いが物を言うのはどの世界でも同じといえる。

本当に気合を入れて覚えないといけないぞ。

「では今日はご挨拶の練習をいたしましょう。この爺が様々な役職に変わりますので、それに合わせてご挨拶ができないと合格点は出せませんからな？」

「はぁい」

「その間延びした返事も矯正しなければなりませんな」

ニコニコ笑顔のお爺さんだけど、最後の一言は迫力を感じた。

いえ、わかっているんですよ？　でも舌ったらずなんで、気をつけますとしか言えないんです。

僕は夜に授職の祭壇、チュートリアルダンジョンを訪れていた。

いつものように属性結晶を回収。もう属性結晶はすべて吸収ができない状態だ。

属性矢も回収して収納の中にしまった。

各属性の属性矢が収納に百本以上入っているので、百日以上ここに通った計算になる。まあ複数の矢を放つ攻撃スキルもあるから、百本なんてゲームだとボス戦が一、二回あれば使い切っちゃうけど。

「解除っと。おお、今日はあるんだ」

スリムスポアのメダルだ。

一日に何匹倒せているか不明だけど、や、ちゃんと計算すれば出るだろうけど面倒だからやっていない。

確率的に月に一、二枚出るかなって感じかな？　ゲームで考えてもドロップ率が低い気がする。

「何もドロップしないと思ってたからなぁ」

攻略サイトになら載っていたかもしれないけど、当時の僕はどうしても行き詰まらない限り攻略サイトは見なかった。

こんな序盤の序盤で引っかかることとかもなかったので、チュートリアルダンジョンの攻略記事になんか目を通していなかったのだ。

職業の選択に関しても、気に入らなかったり攻略に行き詰まったら変えればいいだけだったし。

ここに来れば初級の職業には自由に切り替えられたのでやはりチュートリアルダンジョンの攻略記事に用なんてなかった。

「メダリオン化かぁ」

それをするには錬金術師にならないといけない。魔術師のレベルが上がったらまたここでなれるんだけど。

「できれば弓士かシーフを取ってから錬金術師になりたいなぁ」

弓士のコンセントレーションや、シーフの看破の瞳といったスキルは錬金術の成功率上昇の効果がある。

ここで月に一枚くらいのペースでメダルが拾えるが、無駄に失敗はしたくないのだ。

つまらない魔物のメダルが超高性能だったりするし。

そんなことを考えつつ、また炎の絨毯《じゅうたん》を発動させてスリムスポアを自動迎撃状態にする。

「ＪＯＢもかなり上がった。魔力最大値アップもレベル最大まできてそう」

ＪＯＢ経験値によってＪＯＢレベルが上がると、それだけそのＪＯＢに合ったパッシブスキルやアクティブスキルが手に入る。

魔術師の場合は保持属性の威力上昇や消費魔力の減算、魔力最大値の上昇、魔法防御力の上昇、魔法攻撃力の上昇などがパッシブスキルだ。

それに対してアクティブスキルは一度に同じ魔法を二度放つ『二重魔法』、魔法の威力を上昇させる魔法陣を地面に敷く『魔術の極意』、二種類の魔法を同時に放つ『ダブルマジック』、敵から魔法攻撃を受けたときに魔力を回復させる『魔術師の右手』などがある。

どれも一度発動させると五ターンから十ターン効果があるのだが、戦闘がコマンドバトルではないのであまり出番がなさそう。

「実戦をしてないからどれが有用だかわかんないんだよね」

魔術の極意とか、魔物との戦闘中に地面の魔法陣にこだわってたら攻撃を受けましたなんて話になりかねない。

「そもそもダブルマジックとか普通にできるし」

ゲームではないのだからと、試してみたら実際にできた。もちろん威力のある魔法で試したわけではないので有用性は不明だけどできるのである。

右手でフレアアローを、左手でアイスアローを生み出して二匹のスリムスポアにぶつけることに成功しているのだ。

「二重魔法もなぁ」

生み出した魔法を自分のタイミングで放てるのだ。いくつもの炎の球を空中に浮かせて、任意のタイミングで飛ばせば二重魔法以上の効果が生み出せるのである。

「なんか、ありがたみがないのよね」

せっかくの異世界だからと最初に魔法職である魔術師になったけど、パッシブスキルはともかくアクティブスキルが微妙すぎた。ゲームではめっちゃ有用だったのに。

「ゲーム特有の攻撃魔法なんかほとんど使わなそうだし」

自分のイメージで魔法が使えるので、ゲーム時代の魔法よりも自分で考えた魔法の方が自由度が高く便利に見える。

「実際使ってるのって生活魔法レベルだけど」

お庭で転んで手が汚くなったときは水の魔法で手や顔を洗ったり。

お部屋でお布団を持ち上げるときに念動魔法で持ち上げたり。

夏場の暑い日には涼しい空気を欲して周りの空気を冷やしたり。

お風呂上がりの牛乳をこっそり冷やしたり。

寝る前のお布団が冷たいので温めたり。

シンシアにバレないレベルで、こっそりと地味な魔法を使うのが楽しくてならない時期があったのだ。何度かバレるたびにお父さんにお説教をくらったり、油断してお母さんにバレてお母さんに叱《しか》られたりもした。

幸い人に撃つような機会はなかったので、シンシアには殺されてはいない。

「とりあえず、しばらくはお預けだ」

今年、僕は五歳になる。

クレンディル先生が早めにお披露目に連れていくべきだと主張したため、お披露目のために王都へ行くのだ。

貴族の子供は人前に出せるよう家で教育を受け、問題がなければお披露目を行う。お披露目の相手は自分の上司にあたる人物。

そして領主であるお父さんの場合、お披露目相手は国王になる。地方領主なので本来であれば地方統括の公爵や侯爵へのお披露目でいいのだが、なぜだかお兄ちゃんのせいで国王に挨拶をしないといけないらしい。

「子供の頃からストーリーが始まるタイプのゲームだと、ここがスタートラインかもしれない」

お父さんに連れられて外に出て、お父さんが殺されるなんてところからストーリーが本格的に始まるような鬱《うつ》なスタートを切るゲームが国民的なゲームだったりする日本だ。

王都で何かしらイベントが始まるかもしれない。というか、始まるだろう。

「実力的には不安しかないから油断はできないぞ」

危険な目になんか遭いたくないし、痛いのもごめんだ。

ゲームの主人公や、キャラクターに転生したであろう僕は油断できないのである。

貴族の謎風習のせいで屋敷から外に出られなかったので、魔物を倒しての経験値上げができなかったのが悔やまれる。

僕は決意を胸に、王都へと思いを馳《は》せる。

……可愛《かわい》いヒロインとの出会いがあるイベントがあるだけならいいのに。

オルト家に仕えてまだ五年しか経《た》ってない私はもともとは冒険者でした。

人族ではありませんが、旦那様や奥様には信頼されていると思っています。

彼らとは冒険者時代からの付き合いで、出会いから数えればもう十年近く経っています。

王都の貴族家では、子供が生まれると使用人を絞って屋敷での生活を引き締めます。

子供に悪い影響を与える大人を排除する方針から、このような風習ができていると聞きます。

人の思想は小さな頃は周りの人に影響を受けます。悪《あ》しき考えの者、親の思想と反する者を近づけたくないのでしょう。

ですからオルト家には私以外に使用人が四人しかいません。

私と同じく、冒険者時代から彼らと行動を共にしていたロドリゲス。

旦那様が幼少の頃より付き従っていたファラ。

旦那様の側近であるレドリックと、その妹マオリー。

地方の子爵家とはいえ、領主の屋敷を管理するにはかなり少ない人数です。

レドリックももっと屋敷の管理に手を貸すべきだと思います。

「はあ」

お風呂に浸《つ》かって、一日の疲れを癒《いや》します。

屋敷の外には公衆浴場がありますが、個人でゆっくり入れるお風呂はなかなかありません。

あってもお湯の維持など簡単にはできませんし。

そんなお風呂に魔法でお湯を毎日入れてくれるミレニアに……奥様に感謝ですね。いない日は薪《まき》で湯を沸かさないといけないので大変です。

思わず尻尾が揺れてしまいます。

「小まめな心遣いにも感謝です」

誰かがお湯を使うたびに、奥様はお湯の補充と温度の管理を行ってくれています。

ジルベール様もお風呂が好きな子なので、これは奥様の影響でしょうね。四歳になり、一人でお風呂に入るようになりました。

しかしジルベール様、ですか。

「私がお子様付きになるとは」

秘密にしなければならないことができたからとはいえ、小さな子供のお世話などほとんどしたことはありませんでした。

もちろんジルベール様のお世話自体をしたことがないわけではありません。同じ屋敷で過ごしている以上、お話もいたしますし、遊びのお相手を務めさせていただくこともございました。

あの子はとても可愛《かわい》らしく笑う、奥様に似た美しくも可愛らしい天使のような子です。

普段から大人しく、手のかからない子という印象です――でした。

「私も見る目がない」

私の知る男の子は、考えの足りない暴れん坊というイメージでしたが、ジルベール様は静かに本を読む時間を好む、知的で優雅な生活を好む子供。

貴族の子だから、旦那様や奥様がしっかりした方だから、そういう子供なのだと認識をしておりました。

そして、その本好きが領内に過去にあったダンジョンの痕跡を発見させ、さらにそこを管理していたであろう村の情報も入手。

大きな功績です。

再開発されるその村やダンジョンにはジルベール様の名前が授けられることでしょう。

「大人しいとはいえ、やはり子供でしたね」

思わず笑みがこぼれてしまいます。

魔術師の書を勝手に使い、魔法が自在に使えるようになったジルベール様。

その魔法の腕は、すでに現役の冒険者に引けを取らないレベルではないかと思っています。

しかも見るたびにその魔法の腕は磨かれ、効率的な魔力運用に磨きがかかっている気がします。

子供だからか伸びしろが大きいせいもあるかもしれませんが、しっかりとした師が付いたうえで訓練をしなければそうそう変化は起きないものです。

私の見る限り、ジルベール様は特にそういった訓練をしていないのです。お庭で水の魔法で無邪気に遊ぶことが訓練になっているとは思えません。

「私の見えないところで訓練をしているとしか思えないのですが」

その現場を押さえることができません。

「油断なりませんね」

夜中に訓練をしているのかと思えば、そうでもない。

夜間に気配を探って見張っていても、部屋のベッドから動く様子も感じられません。

部屋で訓練をしているのかとも思いましたが、室内で大掛かりな魔法を行使するような子でもありませんし。

「一体どこで、いつ訓練をしているのでしょうか」

人は魔物を倒すことで成長ができると言われています。特にＪＯＢを得た人間の成長速度と成長幅は普通の人のそれとは異なります。

ジルベール様は未《いま》だにお屋敷から外に出たことがありません。まだ乳飲み子の頃に王都からこちらに来たときが最後ではないのでしょうか？

屋敷の周りの兵にもそれとなく確認をしましたが、未だにジルベール様のお顔を知らない者ばかりです。

成長の幅から考えると、ダンジョンにでも潜って魔物を倒していると言われた方がすっきりとします。

ジルベール様が早熟なのか、それともどこかで魔物を倒しているのか。

「まあ無理です……よね」

肩にお湯をかけながら、改めて考えてみます。

お屋敷から出たことのないあの子が、魔物を倒せるわけがありません。

噂《うわさ》に聞く空間魔法などがあれば、とも思いましたが、あれは一度行ったことのある場所にしか行けないと聞きます。

魔物を倒すほどの時間を私が目を離すことがありえないし、魔物を倒していたら多少なりとも肉体が強化されるので、運動能力も上昇するはず。その様子もありません。

しかもジルベール様の生活圏で、魔法の訓練を行えるほどの広さのある場所は庭しかありません。

「不思議な方ですね」

先日はカードを作るんだと、よくわからない魔法を開発していました。

魔法は本人のイメージによってその作用を大きく変えることができますが、ただの紙を魔法だけでカードに変えるだなんて聞いたことがありません。できるとすれば錬金術師だけです。

「まさか、錬金術師に？」

いや、錬金術であれば専用の錬成台や錬成道具が必要です。旦那様がジルベール様のためにご用意した錬成具はすべて役所に置いてあり、この屋敷にそんなものはありません。

「それこそまさかですね……確かにあれは魔法でした」

私は頭を振って、湯から上がります。

そして体を拭いて、鏡に映る自分を見つめました。

「……少し、気になりますね」

主に腰まわりが。

ジルベール様付きになって以降、訓練の時間が夜にしか取れず、満足に体を動かせていません。

ジルベール様、もう少しお外で遊んでくれませんかね。

おでかけっ！

玄関の前で、お父さんとお母さんが待っていた。

レドリックにシンシア、マオリーにファラ、そしてクレンディル先生もだ。

「これから屋敷を出る。いいな？」

「うん！　楽しみ！」

お父さんが頷《うなず》くと、レドリックが玄関の扉を開いた。

お母さんが僕の手を握ってこちらに微笑《ほほえ》んでくれた。

お父さんも僕の手を握ってくれる。

「わぁ！」

玄関から外に出たことは当然ある。だが玄関から出た先の門は常に閉ざされていた。

だがその門が、今日は開いていた。

「お外が見える！」

「さあ行きましょう？」

「うん！」

お父さんとお母さんが僕の手を引いて歩きだした。

レドリックたちはなぜか目頭を押さえているし、シンシアたちはハンカチで涙を拭《ぬぐ》っている。

「ご立派になられましてっ！」

「ああ、勇ましいですジル様っ」

「ほっほっほっほっ」

家から出るだけなのに大騒ぎである。

そして門の境の前でお父さんとお母さんが手を離した。

「一人で行けるか？」

「う？　うん」

今まで近づいてはいけないと言われ続けていた外の世界に、少しだけ戸惑う。

でもいくら子供とはいえ中身は大人な僕だ。この程度で怯《ひる》むような男ではない。

ゆっくりと地面を踏みしめて、家の外に出る。

「わぁ」

家の外は、とうぜん街だ。

二階の窓から見えた景色ではあるが、その世界が僕の目の前にある。

領主の家たる僕の家から通じた道がまっすぐ伸びている。周りには僕の家ほどではないが、そこそこ大きな家がいくつも立っている。

それとその家々の玄関先には、騎士服やドレスで着飾った大人たちや、おめかしした僕よりも大きそうな子供たち。

みんな拍手をしてくれていた。

照れるぜっ！

「彼らはこの街の住人だ。レドリックやファラの家族もいるぞ」

「みんなジルちゃんのお顔を見に出てきてくれたのよ」

「そうなんだ？」

「ああ」

お父さんとお母さんが僕に並んでくれた。

そしてお父さんが僕のことを抱え上げて、彼らに手を振るように言う。

言われた通りに手を振ると、彼らが手を振り返してくれた。

「さあ、顔も見せたし出かけることにしよう」

「え？　いいの？」

「ええ。正式なご挨拶は王都から帰ってからね」

「あ、そっか」

クレンディル先生から教わった話だが、貴族の子供はその立場の関係上、一般の子供たちと一緒に遊ばせるのは非常に難しい。

領主は王に成り代わりその土地や街を管理する王の代理で、その子供はその家の大事な跡取り。他の子供と遊んで怪我《けが》をしたりしたら、その子供だけでなく親にまで責任が及んでしまう。

仮に子供側に問題があったとして、一緒にいたのが子供だけでなく、大人だったとしても、そしてどうしようもない事情があったとしても、罰を与える必要が出てくる可能性があるからだ。

そんな歩く時限爆弾のような立場の子供を、小さな頃から外に出すのは、子供自身にも、周りにいる人にも危険なのである。

お父さんと同格の貴族が近くにいて、僕の遊び相手になれるくらいの歳の子供がいれば一緒に遊べたらしいが、お父さんは領主だ。この街にお父さんと同格の貴族などいない。

僕が領主の子ではなく、例えば領主に仕える貴族家の子とかであれば普通に外で遊んでもよかったらしい。

「なんか、せっかく顔を見られたのにお話しできないのは残念だね」

「それもそうねぇ」

「そういうものだ。我慢なさい」

そして僕は五歳。まだ四歳だけど、お披露目に出る。両親や教育係の家庭教師などが表に出しても問題ないと判断した子供が一年に一度、王家の主催するお披露目会に参加することができるのだ。

ここで子供が失敗するのは親の恥だ。基本的に七歳くらいでお披露目を迎える家が多いらしい。

まあ僕はほら、人生二周目だからクレンディル先生から見ても優秀だよね？

最初にご挨拶する相手は、同格以上の貴族であったり王族なのだ。

それを飛び越えて、一般の人たちとお話をするのはいけないことらしい。

「さあ、馬車に」

「おお、そういえば」

屋敷の前に準備されている馬車が五台。それとその周りにレドリックと同じような服装の男女が馬と一緒に控えている。馬でかいっ！

騎士だ。

彼らにも手を振って、お父さんに抱えられたまま僕は馬車に乗った。

「王都まで十日くらいなんだっけ」

「そうだな。それまでは基本的に馬車で移動だ。トイレや体調が悪くなったらすぐに言うのだぞ？」

「我慢はよくないからね、早めに言いなさい？」

「うん」

用意された馬車が、街の中をゆっくりと進み始める。

窓から街中を眺めると、いろんな人たちが僕たちの馬車に手を振ってくれていた。

お父さんの名前を呼んでいる人が多くいる。お父さんは領民に人気があるみたいだ。

お父さんの、領主の子供である僕にはそれが少しだけ誇らしい。

ほどなく、街の外れまで到着し一度馬車が止まった。

「留守を頼む」

「お任せください。ジルベール様、お役目頑張ってくださいね」

「いってきます」

馬車に並走していた、騎乗したレドリックにお父さんが声をかけると、レドリックが僕を励ましてくれた。

僕の返事に笑顔で頷いたレドリックは、胸に拳を二度ほど当てる。それが合図かわからないが、馬車は再び動き始めた。

先ほどよりも速度を上げ、馬車は徐々に景色を置き去りにしていく。

初めて屋敷を出て、初めて街の外に出る。

両親と使用人同伴ではあるが、ちょっとした冒険みたいだと、胸を膨らませる僕であった。

ここからがゲームの序章部分の可能性もある。これは油断ができないぞ。

「さあ、こちらを敷いてください。ひざ掛けも」

「はぁい」

全員に分厚くてデカいクッションがお尻と背中に用意されていたが、僕には重いひざ掛けをお腹までシンシアにかけられた。

少し寒かったから、僕はそれにくるまりつつ、窓の外に視線を向ける。

「馬車って、思っていたより揺れないね」

ファンタジー世界に迷い込んだ日本人が、馬車で尻を痛くしたなんてくだりを目にしたことがある。

「ん？　ああ、貴族用の馬車はよくできているからな」

「タイヤも付いてますもの。ないと振動はすごいのよ？」

お父さんが僕の言葉に、そういえばと答えてくれた。

「タイヤ……」

MFブックス　4月25日 発売タイトル

家族のために「油断はできない」と
頑張るスローライフファンタジー!

強制的にスローライフ!? 1

著者●てぃる　イラスト●でんきちひさな

B6・ソフトカバー

子爵家の次男に転生したジルベールは、ここが前世でプレイしたゲームの続きの世界だと気づく。彼は家族を守るための力を手に入れたいと考え、ぽよぽよの子供ボディだが周りに愛されながら、様々な事を試していく!

転生少女はまず一歩からはじめたい 6 ～魔物がいるとか聞いてない！～

転生少女、カメを誘導せよ！ スローライフ道中記、第六弾！

著者●カヤ

イラスト●那流

B6・ソフトカバー

転生し、薬師となったサラはハイドレンジアで暮らしていた。彼女が友人や弟のように思える後輩と共に過ごす中、町のダンジョンに異常が発生してしまう。サラも協力して調査をしたところ、超巨大なカメが出現し――。

アラフォー賢者の異世界生活日記 18

四神粛清、世界は新時代へ！

著者●寿安清

イラスト●ジョンディー

B6・ソフトカバー

四神を倒しついに完全体となったアルフィア。彼女は回収した管理権限を行使し、勇者召喚によって魔力枯渇に陥っていた世界の再生に取りかかる。そのため各地では地殻変動が発生し、新たな秩序や法則が生まれ……!?

株式会社KADOKAWA　編集：MFブックス編集部　MFブックス情報
No.118 2023年4月30日発行　〒102-0071　東京都千代田区富士見2-13-12
TEL.0570-002-301（ナビダイヤル）

発行：株式会社KADOKAWA
KADOKAWA

タイヤなんかあるのか。

「タイヤっていうのは、馬車の車輪を保護しているのよ。振動もある程度吸収してくれるし、馬車も傷みにくくなるのよ？」

「へー」

スプリングとかはさすがにないのかな？　まあ僕自身が取り付け方を理解していないけど。

「それにクッションも敷いているからな」

「この馬車は椅子もソファのように柔らかいですからね。ジルベール様の言う通り、冒険者や平民の使うような馬車はもっと揺れますよ」

「ふぅん」

まあ全部の馬車が揺れないわけじゃないのは納得だ。

「お外はもう景色があんまり変わらない」

「この辺りまで来るとそうだな。人が住んでいるわけでもないし、森が離れたところにあるくらいか」

「森？　コボルドが出る？」

「あそこはこんなに近い場所じゃないさ。まあいなくはないが、街道まで足を運んではこないだろう」

「魔物はいるわよ」

何がいるんだろ？

「出てはこないんだ」

「そうね。危険な魔物がこの辺りに顔を出したら巡回の警備兵や移動中の冒険者や商人たちに倒されてしまうわ」

「商人でも勝てるんだね」

でもそうか。チュートリアルダンジョンがあるような街の近くなんだ。そんなに強い魔物がいたらユージンたちは冒険の旅に出る前に詰んでしまう。

低レベルのユージンたちでも倒せるレベルの魔物しかいないんだった。

それにゲームでも街の近くのフィールドにいる魔物はもともと強くはない。

街から離れたダンジョンや、この国とは別の国に移動したりするときに通るフィールドに行くと、徐々に強さが増す感じの設計だったな。

「どんなのが出るの？」

「プルウルフやスポア、ボールゼリーに踊り草といったところか。森の中に入れば昆虫系の魔物が出るんだったかな？」

「確かそのような配置だったと思われます」

「プルウルフ」

ちっちゃい狼《おおかみ》の可愛《かわい》い魔物だ。テイムもできたはず。

スポアは僕がチュートリアルダンジョンで倒している細いキノコを太らせた魔物。

「魔物に興味があるか？」

「強くないのなら」

まだ子供ボディの僕に魔物の相手は……魔法を使っていいならこの辺りの魔物にでも勝てるだろうけど、魔法を人前で使うことを禁止されている僕ではスポアの相手も厳しいだろう。なんといってもスリムスポアと違って反撃してくるのだ。

ユージンでさえ初期パーティの二人だけの時は三回も戦えば回復アイテムのお世話になっていたのだ。僕なんかが攻撃を受けたら即死してしまうのではないだろうか？

「あそこに見えるのがボールゼリーだ。あれはただ動き回るだけで、こちらから手を出さない限りは手を出してこないから放置されているな」

「おおおお」

青い半透明の丸い水滴のような塊。ボールゼリーである。

序盤の敵であり、結構いろんなところにいる魔物だ。色違いの別種も多いが、あくまでも地方によって色が違う程度で強さに差はほとんどない魔物である。

「でも襲ってこないからといっていたずらをしてはいけないわ。いいわね？」

「うん」

ゲーム内で新しい魔法を覚えたりスキルを手に入れたりしたときに試し撃ちをしまくった相手である。ゲーム上では平面のイラストだったが、こちらは現実。立体感もあるし個体の大きさにも微妙な違いがある。

お父さんとお母さんに適度に外から見える景色の解説をされつつも、次第に変わり映えのない光景に飽きがきた。

しかし油断はできない。ゲームのイベントが始まっているのだとしたら、魔物や盗賊、謎の秘密結社や邪教集団などの襲撃イベントがあるかもしれないからだ。

ゲームの主人公なんかは、幼少の時にこのような体験をし一人生き残り、旅の冒険者なんかに拾われて育てられたりするものだ。

お父さんとお母さんに何かあったら、僕はきっと大泣きをする。そんなことに巻き込まれたら大変だ。いつでも魔法が撃てるように準備をしておかねばならない。

そう考え、表情を引き締めていた僕だったが、ひざ掛けの温《ぬく》さに負けてしまった。初めての外出なのにほんの一時間程度でうつらうつらしてきてしまったのである。

馬車の揺れもなかなかに心地いいのだよ。


「起きなさい、ジル」

「んにゅ……」

お父さんに声をかけられて、目を覚ます。

「休憩だ。一度馬車から降りる」

「はぁい」

目をこすると、ひざ掛けがずり落ちる。

シンシアがそのひざ掛けを取ると、僕に上着を羽織らせた。

「まだ少し寒い季節ですから」

「ありがとう」

僕がシンシアに礼を言うと、お母さんが撫《な》でてくれた。

「さあ、出なさい」

「うん」

屋敷から出たといっても、ほとんど馬車の中だった。僕はちょっとドキドキしながら、お父さんに手を取られつつ馬車を降りる。

「あまり離れるな」

「うん。わぁ！」

大自然っ！　そう表現することしかできないような光景が僕の目の前に広がっていた。

ゲームでは上から見たような画面だったけど、こうして見ると現実なのだと思い知らされる。

「お疲れさまです、ジル様」

「うん」

僕たちの馬車にはいなかったけど、マオリーもいた。後ろの馬車に乗っていたらしい。

首を動かして周りを見ると、馬車が五台に随行の騎士たちが七人もいる。

「意外と大所帯」

「彼らは護衛だ」

「護衛？　危ないの？」

「そうでもない。ただ街から外れると魔物がある程度いるからな」

寝ている間は知らないけど、今のところ魔物との戦闘の気配はなかった。

近くに小川が流れており、そこで騎士が馬に水を飲ませていた。

そんな馬の世話をする騎士と、周りを警戒していると思われる騎士。

「まあ危険はなさそうですね」

「そうだな。ここはよく使う休憩場所だが、魔物は稀《まれ》にしか見ない」

シンシアが気配を調べたのだろう。問題なしと言っていた。

「こう天気が良いと、軍盤を広げたくなりますな」

「それ、先生だけじゃないかなぁ」

「ほっほっほっほっ」

クレンディル先生はいつもの調子だ。

「先生は後ろの馬車にいたんですか？」

「ええ、そうですよ。この爺《じい》めもご同行させていただいておりますじゃ」

「そうだったんですね！」

「先生のおうちは王都にあるのよ。一緒に王都に向かい、一度ご自宅に帰られるのです」

「先生のおうち……」

軍盤と盤譜ばかりの家なんじゃないだろうか？　屋敷の部屋も大変なことになっていたし。

「盤譜集の執筆もしておりますでな。今度本を出そうと思うので」

「またか」

お父さんが呆《あき》れた声を出している。

「初心者講座のためのテキスト化とそれに合わせた盤譜も作らねばなりませんからな」

「ほぉ」

これは僕が思わず聞いてしまったことから出すことになったものだ。

先生の盤譜集は、こう、雑多に盤譜が載っていて簡単に解説が書かれているだけのものだった。

それでは必要な情報を探そうにも規則的にページが分かれているわけではないので、探すのに手間取ったのだ。

そこで僕は先生にテキスト的なのはないのかと尋ねたら、ないなら作ればいいとなってしまったのだ。

「子供目線の、初めて軍盤を触ったジルベール坊ちゃまからよく聞かれた質問は大事にメモしておりますでな。他の子に指導をしたときにも同じ質問を受けたことがあったし、読めばわかるようにしておくのが一番じゃ」

「子供も読んで覚えるし、気になることを調べるのにいいかもしれないですね」

僕の言葉にお父さんと先生が苦笑した。

「誰しもがジルのように本が好きなわけじゃないから、難しいかもしれないな」

「ジルベール坊ちゃまならではの視点ですなぁ」

本は好きだけど、本を読む以外やることなかったんだもん。貴族の、僕みたいな立ち位置の子供って家で相当うっぷんを溜《た》めてるのではないだろうか？

「ジルちゃん、寒くなあい？」

「だいじょうぶー」

お母さんが僕のところに来て僕を抱き上げた。

「ママは少し寒いわ」

「きゃーっ」

僕をカイロ代わりにしに来たらしい。ほどなく休憩を終えてまた移動だ。

しばらくこういう日が続くらしい。


「お久しぶりです、ダルウッド伯爵」

「ああ、無事に着いたようだね、オルト子爵。天幕はこちらで用意しておいたよ」

「ありがとうございます。お世話になります」

休憩を何度か挟んで移動していたその日、夕方に差し掛かろうとした頃に着いた場所には、いくつものテントが張られていた。

お父さんの話によると、ここで同じく王都に向かう仲の良い貴族と待ち合わせをしているらしい。

家族を連れた貴族同士で合流をし、人数を増やして王都に向かう予定なのだそうだ。

「楽しみにしていたので早く着いてしまっただけだよ。コンラート、こちらに来なさい」

「はいっ！」

お父さんよりも少し歳のいった立派な服装の男性。お父さんの話しぶりから伯爵様なのだろう。

「うちの長男だ」

「コンラート＝ダルウッドと申します！　旅のご同行、感謝いたしますっ」

「ご丁寧な挨拶をありがとう、コンラート君。私はアーカム＝オルト子爵。君たちの隣の領の領主をしている。こちらが息子だ」

ぼけっと見ていたら、僕が挨拶をする番になってしまったらしい。

「ジルベール＝オルトと申します。アーカム＝オルトが第二子、今年で五歳になります」

「うむ、エルドリオ＝ダルウッドだ。息子共々仲良くしてほしい」

「はい」

「よ、よろしく頼む。オレは今年で七歳だ。無事にお披露目を終えたら戦士になるんだ！」

「うん。よろしく」

僕よりも背が高い。この年齢での二歳差は大きいな。

「コンラート、お外で遊んできなさい。安全柵の外に出てはいけないよ？」

「はいっ」

子供！　男の子だ。初めて見たっ！

多分向こうもそうだろう。動揺が手に取るようにわかるぜ。

「ジル、コンラート君と交流をしていなさい。シンシア、同行を」

「かしこまりました」

馬車の前でお父さんはダルウッド伯爵と、お母さんは伯爵夫人だろうか？　ドレス姿の女性とテーブルを挟んでお茶をし始めていた。

「遊ぶ、遊ぶね……」

同い年の子供と遊んだことなんてなかった。いきなり難題だ。

「えっと、何、する？」

「何、しよっか？」

お互い探り探りで相手の顔を見る。

「軍盤などをされてはどうでしょうか？　夕食もありますから、お洋服を汚すわけにはいきませんし」

見かねたシンシアが提案してくれた。

「そうだな！　ジルベールは軍盤できるか!?」

「うん！　大丈夫だよ。コンラート君、勝負しよう！」

「であれば、この爺めが立ち会いをいたしましょう」

軍盤と聞けばどこからともなく現れるのは、軍盤ジジイことクレンディル先生である。

「ジルベール坊ちゃま、坊ちゃまは魔法兵禁止でございます」

「え？　あ、うん」

小声で先生に言われて、僕は思わず頷いた。

そういえば相手は子供だ。僕は別世界のではあるが、大人の知識を持っているのである。初めての子供に加減をせずに戦ってしまっては、相手が可哀想《かわいそう》だ。

そして夕食の時間まで、コンラートとの戦いが始まるのであった。

「では仕切り板をとりますぞ」

「おう」

「うん」

お互いの駒が並びきったところで、クレンディル先生が仕切り板を取った。

コンラートの駒の並びは中央突破を想定した攻撃主体の布陣だ。初心者はこの並びから軍盤を覚える。

騎士や傭兵《ようへい》を先頭の兵士の後ろに並べている。

「む、守りの陣か」

「うん」

かく言う僕は、兵士の後ろに近衛を並べて王と王子をその後ろに。

魔法兵が禁止されているので、近衛の周りに傭兵を配置した布陣である。

「先生」

「かしこまりました」

先生がコイントスをし、先攻後攻を決める。

基本的に先行有利なイメージがあるが、今回は守り軸なので後攻でも問題ない。

「じゃあいくぞ」

「勝負」

コンラート君が兵士を一つ前に出した。

それに合わせて僕も兵士を動かして、右側から攻める準備を始める。

「コンラート君も初めて屋敷を出たの？」

「うえ？　あ、おう。そうだぞ」

「やっぱりそうだよね」

コンラート君が駒を動かそうとしたときに声をかけたので、向こうの動きが止まってしまった。

「普段は屋敷でどう過ごしてたの？　家の中だけだとやることないんだよね」

「ああ、確かにな。剣の稽古《けいこ》を受けたり、姉上と遊んだりだな」

「剣のお稽古」

僕はやっていない。王都から帰り屋敷に戻ったらやるらしいが、僕は魔術師になってしまったので、そこまで本格的な指導を受ける予定ではないようだ。

「む？　お前はお稽古しないのか」

「体を使うのは基本的に追いかけっことかかなぁ」

「それじゃあ強くなれないぞ」

「そうだねぇ」

適当に返事をしつつ、盤上に視線を向ける。

「屋敷では他に何をしていた？」

「本を読んでたかなぁ。本、多いんだよね」

「うちにも本はあるが、あまり読まないな」

この世界、本は貴重だが持ちがいい。

本にはライドブッカーのドロップ品、魔導書の紙片が使われることが多い。魔導書の紙片は劣化がしにくいのだ。

ライドブッカーは空の魔導書という、転職に必要な職業の書の素材となるドロップ品を落とす。だがそれはレアドロップだ。それを手に入れるためライドブッカーはかなりの数が倒されており、通常ドロップ品である魔導書の紙片が大量に確保されている。それが一般的な紙だ。

ダンジョン内にドロップ品を放置しないのが決まりなのできちんと回収されるため、紙に困ることはないだろう。

「まだ読めぬ字が多くて、難しい」

「それは数をこなさないとだね」

子供は集中して本を読むのは難しいだろう。

お互いの家での過ごし方を話しながら盤上で駒を動かし続ける。向こうも家の中でどう時間をつぶすかが気になっているようだ。

だが僕よりも勉強している時間が長そう。長男だからかな？

「ふうむ、未熟なれど輝くものがある」

「先生、どちらの話ですか？　それと横からの口出しはダメですよ？　指を動かさないでください」

「おっと、こりゃ失礼」

軍盤を見ると周りが見えなくなる先生がシンシアに叱《しか》られている。

コンラートにも僕にもヒントになってしまうのはいけないね。

「む、また駒が取られた」

「まあ痛み分けだけどね」

「こっちは騎兵や魔法兵が取られてるんだぞ？　なのに兵士ばかり増える」

「攻められているからね」

攻めた方が強いと思われるが、守り手は駒を自陣内に出せるのでそのぶん防御に厚みが出る。

そしてある程度相手から奪った駒が増えてきたところで、僕は反撃に出た。

「む、そうくるか。こちらを守らねば」

「じゃあこっちで。王子様もらいます」

「ぬおっ！　傭兵がっ」

反転した傭兵を、すぐにコンラートは近衛騎士で落とそうと駒を持ち上げる。

「そこ空いたらこっちの弓兵が王様取れちゃうよ？」

「ぬ！　むむむ」

僕の指摘に駒を持つ手が止まり、近衛騎士を戻した。

「む」

「先生、そう目くじらを立てないでください。コンラート君は駒を触っただけだよ」

一度駒を持ち上げたら移動させないといけないのが大会などでのルールだ。でも遊びでやっているのだ。そこまで厳格にする必要はない。

「すまん」

「いいよ」

コンラート君もわかっていたのか、すまなそうな顔をしている。

「じゃあこちらを動かして」

「うん。その方がいいね。攻撃にも防御にも転用できそうだ」

その後、何手か駒を動かして僕はコンラート君の王に王手をかけた。

彼は王を逃がすも、ここまで追い詰めたらもう負けることはない。

初対戦の結果は僕の勝利に終わった。

「では考察を行いましょう」

「いえ、食事の準備が整ったそうです。お二人とも、今日はこの辺で」

「わかった！　残念だが負けだ」

「うん。またやろう」

子供らしく走り回ったりするものかとも思ったけど、ここは外だしもう夕暮れだ。

初めて会った子供のコンラート君は、活発そうな見た目だから体を動かしたそうだったけどね。

その後は食事だ。コンラート君の家族と一緒に食事を取る。お父さんたちはお酒も飲んでいて、楽しそうで何より。

僕はというと、若干緊張してご飯を食べる羽目になった。食事のマナーをコンラート君共々見張られているからだ。ご飯ぐらいリラックスして食べたいものである。あ、コンラート君が怒られた。しかも野営中の食事なのに、いつも以上に豪華な料理を暗がりの空の下で取っている。なんとか食事を終えると就寝だ。

「こちらをお使いください」

「まあ、ありがとう」

少し大きめなテントにお母さんと案内された僕。

横には同じようなテントが設営されており、コンラート君と彼のお母さんもいた。

「じゃあおやすみ」

「ああ。おやすみ」

コンラート君と挨拶をすると、お母さん同士も和やかにお話をしてお互いのテントに入った。

「うそ、ベッドがある」

「馬車の椅子を取り外して連結したものにマットを敷いたのよ。今日はここで一緒に寝ましょうね」

テントの大半のスペースをベッドが取っていた。まさかテントの中でベッドで眠ることになるとは。

「こちらにいらっしゃい、体を拭うわ」

「はぁい」

テントの中には大きなタライも置いてあり、そこに衝立《ついたて》まで立ててあった。

「準備万端だね」

「馬車が五台あったでしょう？　あのうち一台は私たちが乗っていて、もう一台はマオリーとクレンディル先生ね？　残り三台はこういった野営のための道具や食材が入っていたのよ？」

「なるほど」

確かに随行騎士たちは全員騎乗していた。人数的に馬車が多いなと思っていたが、そういうカラクリがあったようだ。

でも用意されていた水は冷たい。

「水よ、その姿を変えよ」

お母さんがタライに指を入れると、タライから湯気が立ち上った。

「魔法？」

「ええそうよ？　水の温度を高める魔法ね」

「お母さんの魔法、水の球を動かすのくらいしか見たことなかった」

「あら、お風呂で毎日使っているのよ？」

「なんと」

うちのお風呂は毎日お母さんが沸かしていたらしい。

「さあ、こっちにいらっしゃい」

「はぁい」

お母さんが僕のお洋服を脱がしにかかる。

「自分で脱げるよ？」

「ええ、知っているわ？」

そう言いつつ、手早く僕の服を脱がし、タオルを濡《ぬ》らして僕の体を拭いてくれる。

「コンラート君と、楽しかった？」

「うん。軍盤しながらおしゃべりした」

「そうなのね。お友達になれそう？」

「お友達、お友達」

どうだろうか、今日会ったばかりだけど、一緒に楽しく遊べるのかな？

「わかんない」

「お話をいっぱいして、一緒に遊びなさいね？　きっといいお友達になれるから」

「うん」

王都の貴族院が始まれば、彼は上級生になるのだ。そう考えると、今のうちに仲良くなっておいた方がいいな。

「なかよくする」

「そうね」

僕が言うと、お母さんが頭を撫でてくれた。

「はい、終了。寝間着に着替えて」

「はぁい」

僕はいそいそと服を着る。髪が洗えないのは残念だが我慢だ。

「ジルちゃん、お母さんの背中を拭いてくれる？」

「はぁい」

お母さんも体を拭くらしい、下着姿になっていた。首元から髪の毛を押さえてずらしている。我が母ながらなんとセクシーな仕草。

僕はお母さんからタオルをもらって、丁寧に綺麗《きれい》な背中を拭いてタオルを返した。

「ありがとう」

「うん」

先に布団に入って、お母さんが来るのを待つ。

昼間馬車の中で寝たのに、すぐに睡魔が襲ってきた。

疲れてたのかなとも思ったけど、屋敷でも昼寝をしていたのに夜も寝てたな。

お母さんが横に来てくれたので、そのお母さんに抱かれてお母さんの匂いに安心すると即座に眠りについてしまった。

ふあ、おやすみなさい。

「ふっ！」

「くわっ！　だがまだだ」

「ではこれならどうか？」

朝起きると、お父さんとダルウッド伯爵が剣を交えていた。

ダルウッド伯爵はお父さんと歳が近いらしい。朝のお稽古を一緒にしているようだ。

お互いに木の剣を持って、振って払って押さえての応酬。お父さんが基本的に優位のようだ。

「お前のお父上、強いな」

「お父さんはもともと騎士で冒険者だったらしいよ？」

自分の父親より強いお父さんの存在に、コンラートが驚いている。

「なるほど、それでか」

「なんというか、単純にうちのお父さんの方が力が強そうな感じだね」

「ああ」

子供とはいえ貴族として教育を受けているコンラートは、騒がず静かに観戦している。

僕も同様だ。

右に左に、上から下に。剣の位置が幾度も変わる様子は、まるで踊っているようにも見える。

「ダルウッド伯爵も騎士の家なのよ？　あの人の二つ先輩だったらしいわ」

「ええ、ですがさすがはオルト子爵ですわ。赤い守護剣の異名を持つ彼には、私の夫では勝てないでしょうね」

剣を交わしている人たちの奥さんたちは、そう話しながら稽古の様子を見ていた。

「ほら、男たちは放っておいてご飯を食べちゃいましょう？　先に片付けておけばまた軍盤ができるわ」

「そうしましょうか」

「もう少し見ていたいが」

「この距離でも剣筋が見えないから、もはや参考にならない気がしない？」

そう、徐々に剣の速度が上がってきており、もう残像しか捉えられていない。

「くっ、コンセントレーション」

お父さんに押されていた伯爵がスキルを使った。コンセントレーションは弓士のスキルだ。集中力を向上させて命中率と回避率、それと攻撃速度を上昇させるスキル。

以前シンシアがハンコを押すのに使ったスキルだが、決しておもちゃを作るために使うスキルではないのだ。

「見えねえ」

「そうだね……あれは見えない」

スキルが発動したことにより伯爵の剣のスピードと体捌《たいさば》きが一段上がる。それに合わせてお父さんも表情を引き締めてスピードを上げて対応を開始した。

「むう、あの父上と斬り結べるとは」

「お父さん強いなぁ」

お父さんが剣を持って素振りや稽古をしている姿は何度か見たことがある。

しかしここまでしっかり体を動かしている姿を見たのは初めてだ。

「らぁっ！」

「っ！」

伯爵の横薙《な》ぎの一撃がお父さんを襲う。その剣を自分の持つ剣で抑えて動きをけん制、そしてお父さんがスキルを放った。

「重撃」

上段から振り下ろされた剣を伯爵が頭の上で抑えた！

そう思った瞬間、お父さんの剣がぶれたかと思うと剣が伯爵の右手に当たり、伯爵が剣を落とした。

「むう、お見事。やられたわ」

「お疲れさまでした」

右手首を押さえた伯爵が手をフリフリしながら無事をアピールする。

お父さんはそれを見て頷いている。

「重撃で攻撃の手を止めたところでウェポンバッシュ、といったところか？」

「いえ、最後はスキルではありません。重撃は抑えめに放って硬直しないようにして次につなげました」

スキルって調整できるんだ？　スキルの力加減を調整するって発想がなかったな。そもそも魔術師のメインスキルはパッシブスキルの最大魔力向上と魔力回復力上昇、得意属性能力向上だし。

「あなた、お疲れさま」

「残念だったわね。手は本当に大丈夫かしら？」

二人の奥さんがタオルを持ってねぎらっている。うちのお母さんもだけどコンラートのお母さんも見た目はかなり若いので、なんとなく甘酸っぱい気配を感じてしまう。

「あれが始まると長いんだ」

「あ、そっちも？」

コンラートがげんなりしているので、どこのご家庭でもそんな感じらしい。

「食事をしよう。その後で移動を開始する」

「ああ。騎士たちが仕事にならなそうだしね」

「ええ、そうね」

「二人ともいらっしゃい。食事にしますよ」

「はい」

「はぁい」

お父さんたちの立ち合いを見ていたのは僕たちだけではない。天幕の片付けなどをしていた騎士たちも作業の手を止めて見つめていたのだ。

随分朝早くから起こされたと思ったけど、移動のために片付けをするからだったらしい。

向こうの伯爵も合計で十五人くらい連れてるし、僕たちも十人くらいいる。これだけの人数が移動するので、準備や片付けも大変だ。

彼らはちゃんとご飯とか食べられたのだろうか？


「して、これはなんなのだ？」

「『ジルベールカード』ですよ？　コンラート君」

「じるべーるかーど？」

トランプもどきのことをジルベールカードと呼ぶのはうちのお母さんだ。

歳の近い僕たちは、伯爵の馬車にお邪魔していた。うちの馬車より少し広い。

六人掛けの馬車だが、そこには僕たちとお母さんたち四人しか乗っていない。

子供同士でおしゃべりでもさせつつ、暇な時間を交流に当てようという魂胆なのだろう。

そこで披露されたのは、僕が作ったトランプもどきだ。

なんだかんだ言って最初の頃から数えて十セット以上作らされたこのカード、確かに馬車の中で遊ぶのであれば軍盤よりも適しているね。

「カードとは、つまり武器ですの？」

「いえ、そういう物騒な品じゃないです」

普段カードはシンシアにシャッフルしてもらっているけど、今日はいないのでお母さんがディーラーだ。

馬車の中ではカードを広げられないので、一枚ずつ配布をしていく。

「ではこちらの遊びについて説明をいたします。ジルちゃん、最初は何がいいかしら？」

「ん、黒星でいいんじゃない？」

黒星、つまりババ抜きである。ジョーカーの代わりに黒い星のカードを最後まで持っていた人の負けというシンプルなババ抜きだ。

七並べや神経衰弱、まあ神経衰弱は単純に数合わせって呼んでるけど、それらはテーブルがないとやりにくい。必然的にババ抜きみたいなゲームしかできない。

「ではルールを説明しますね」

お母さんが自分のカードを公開して丁寧に説明を始めた。

遊びと聞いたコンラートも興味津々でその説明を聞いて、実際にカードを触ったりして確認をしている。

「わかりましたか？」

「はい、ありがとうございます」

とても素直なコンラートにほっこりしつつ、早速ババ抜き——もとい黒星が開始された。

せっかくだから勝敗を紙に書こう。

「最初に何回かやってみて、ある程度慣れたら誰が一番勝ったかわかるようにしよう」

「む、いいな。ジルベール、負けないぞ。軍盤でのリベンジをさせてもらおう」

子供が相手だ。最下位の回数はチェックしないようにしよう。

準備を終えて、実際にやってみてカード自体とゲームに慣れさせる作業を繰り返す。

そしてそれを五回ほどやって、いざ本番である。

「む、いっきうちだな」

「ふ、負けないぞ」

気がつけばお母さんズが上がってしまい、僕とコンラートとの一騎打ちになった。

お母さんズは微笑ましいものを見るかのように、こちらを眺めている。

「こっちに黒い星はない。つまり持っているのはお前だな」

「隠すことでもないからね。ほら、これだよ」

僕はカードを見せると、手元の三枚のカードの並びを変えた。

そして真ん中のカードを取りやすいように上にニョキッと出してコンラートに三枚のカードを提示した。

「……そんな見え見えの手に引っかかるわけなかろうっ！」

勢いよく僕から見て左側のカードをコンラートが素早く取る。

そこにあったのは、黒星カード。

「なっ、謀ったなっ！」

「ふふふ、相手の手がわからないのは軍盤の最初と同じだね」

僕はニコニコとしながらも素早くコンラートのカードを取った。

もちろんそれは数字のカード。カードが揃《そろ》ったので僕の手持ちは一枚だ。

「くっ、鋭い」

「僕の勝ちだね」

何のことはない。今までコンラートは基本的に左側のカードを取ることが多かったからそこに黒星をセットしておいただけだ。

コンラートのお母さんは結構まんべんなくカードを取っていたけど、彼は左側から取ることが多かった。

そして彼の手元の黒星のカードの場所を把握しておき、彼がカードを完全に交ぜる前にささっとカードを抜き取るだけである。

確定していた勝利だった。

「勝者はマリアンヌ様ですね。お見事でした」

「なかなか奥が深いゲームですね。うちにも欲しいわ」

コンラートのお母さん、マリアンヌさんはコゲ茶色の髪のマダムである。

この人もあまり年齢を感じさせない、ドレス姿ではあるけどどこか素朴な印象があるが伯爵夫人だ。様付けを忘れてはいけない。

「もう一度だっ！」

「ええ、時間はありますもの」

「お母さん、きってー」

「はいはい」

僕やコンラートの手には少し大きいカードだ。大人にシャッフルしてもらうのが一番である。

その手つきにコンラートが憧れるような視線を送る。

まあ、カードをシャッフルする姿って結構絵になるからね。僕の手が大きくなったらショットガンシャッフルを披露しようと思う。

あ、その前にシンシアに教えようかな。彼女ならできそうだ。

「もう一回、もう一回だ！」

「えー、飽きてきたよ」

休憩時間なんかを挟んでも、ババ抜きは続いた。

しかしやることがない馬車の中とはいえ、何度もババ抜きをすると飽きる。

子供な僕が飽きっぽいのではない。お母さんたちも若干飽きが見えているのでこれはしょうがないだろう。

「だがまだオレが一番勝ててないっ」

「や、それ終わんないやつだから。他のゲームをしよう？」

「む？　他のゲームだと？」

「うん。二十五なんてどう？」

「二十五？」

「うん。にじゅーご」

今度は別のカード遊びの提案だ。

これはブラックジャックを作り替えたもの。単純に数字の合計を二十五に合わせた人の勝ちで、二十五ぴったりの人がいなければ二十五に近い数字の人の勝ち。でも二十六以上にした人は負けというシンプルなゲームだ。

数字は一から十三まで。白星と黒星を抜いて、全員カード二枚からスタートするゲームである。

もちろんカードの交換や追加もルールに盛り込んでいる。

「すうじの、ごうけい、だと？」

顔を青くするコンラート。

「あらあら、大変ね」

「大変？　ああ、なるほど。そういうことですか」

「何？　どういうこと？」

お母さん二人は納得しているけど、僕は首を捻《ひね》る。

「……ジルベール、お前、足し算ができるのか」

「え？　あ！　そういうことね！」

相手はまだ六歳、今年七歳になる子供だ。日本でも小学校が始まって初めて算数の授業で足し算を教えられる年齢である。

僕は特別気にしなかったが、数字の足し算ができなくても不思議ではない。

「二十五だと、指が足りないではないか」

「あー、そっか。じゃあ無理かぁ」

カードを広げないで遊べるゲームって他に何かあったかな？

「素敵なゲームね。面白そうだわ」

マリアンヌ様がニコニコしながら、カードを手に持って三枚をテーブルに置いた。

「この数字が七で、こっちが三ね。そしてこっちが十一」

「ななとさんとじゅういち」

一気に幼児退行したな。あ、まあまだ幼児でいいのか？

七と三で指がいっぱいになってしまってる。

「ジルベール君、合計はいくつ？」

「二十一です」

「はい、正解です。ジルベール君が二十一ならカードを追加で引きますか？」

「難しい質問ですね」

最初二枚で、さらに一枚追加して二十一だ。一から四のカードを引けば二十五に近くなるけど、五以上のカードを引けば二十六以上になってしまう。しかし二十一ではそれ以上に二十五に近い人がいるかもしれない。

マリアンヌ様がニコニコとこちらを見ている。

僕はコンラートを見て、ここは数字を見せるべきだと思いカードを引いた。

「三です」

「合わせて？」

「二十四ですね。これはかなり高確率で勝てそうです」

初手で十二と十三で二十五なんて人がいなければ勝てる手札になった。

「計算が早いですね、ジルベール君は」

「うちの子、数字は得意みたいなんです」

「数字に強い子は良い領主の補佐になれますね。アーカム様のご子息は優秀ですわ」

お母さんが僕の頭を撫でながら褒めてくれる。

マリアンヌ様も僕を褒めちぎってくれた。

「むう」

そんな様子を見て、面白くないという顔のコンラート。

「は、母上！　もう一回、もう一回だ」

「はいはい、じゃあカードを替えましょうね」

ブラックジャックもどきをするつもりだったけど、いつの間にか算数の授業の時間になってしまった。

一生懸命カードの数字を見て、指を折るコンラートにほっこりしながら、たまにマリアンヌ様に当てられて一緒に算数をする。

真ん中に一個大きな属性のマークを貼るんじゃなくて、本物のトランプのようにマークの数をちゃんと数字に合わせたものを作った方がよかったかもしれないなぁ。

十一から十三は十みたいに並べればいけるかな？　どちらにせよ改良の余地ありである。そんなことを考えつつ、コンラート君のお相手を続けていく。

「よし、そろそろ遊べそうだぞ！」

「そうね、でも時間切れみたいね」

「ぬあっ！」

気がつけば夕刻に差し掛かり、窓から入る光ではカードが見えにくくなり始めた頃、馬車の速度が遅くなっていく。

今日の野営地に到着したようだ。

「残念ね。続きは明日にしましょう？」

「むう、しかたない」

カードというおもちゃで遊ぶためとはいえ、気がつけば算数の授業になっていた馬車内。

暇かと思いきや、マリアンヌ様が僕にも色々と問題を出してくるので、それに答えると褒めてくれる。

そしてそれを見たコンラートが頑張るという状況を続けていると、意外と時間が過ぎるのが早く感じられた。

お母さんもだけど、マリアンヌ様もお話を振ったりするのが上手である。

お母さんが僕を馬車から降ろしてくれると、さすがにずっと座っていたのが堪《こた》えた僕は伸びをした。

「村だ」

「ええ、そうよ」

到着したのは木の柵に覆われた村の手前だ。まだ春先だからか、小さな芽が出ている程度の畑も柵の近くに見える。

「今日の野営はここで行うわ。でも村に入ってはダメ、村の畑にも入ってはダメよ？」

「村に入らないのはなんで？」

「一度にこの人数で入ってしまったら、村の人たちが大変ですもの」

どういうことだろうか？

試すような視線をお母さんが僕に向けるので、僕は足を止めて考える。

「……知らない人がいっぱい来たら、落ち着かないから？」

「そうね、それもあるわね」

お母さんが僕の頭を撫で、マリアンヌ様もにこにこしていた。ほっこりさせてしまったらしい。

「村に貴族が大勢来たら、歓迎しなければならないからだ」

「そう、正解よ」

「よく覚えてましたね」

コンラートは前から教えられていたのだろう。どこか誇らしげにその知識を披露してくれた。

その言葉をちょっとだけ考える。

「なるほど。冬が明けて食料が足りてない状態で僕たちが来たら、彼らはその準備に大忙しになるのか。冬で休ませていた畑のお世話や種蒔《たねま》きがあるのに」

「あら」

「あと荷馬車の食料なんかも村に分けたりするのかな。冬の間は作物があんまり取れないから」

僕たちが乗る馬車と使用人のファラとクレンディル先生が乗る馬車以外に、荷馬車が三つ牽《ひ》かれているんだ。野営の道具や二週間分の食料が載せられていると聞いたけど、荷物の量を考えると過剰なくらい。

通過した村々で、冬の間に問題が起きていたらそれをフォローする役割もあったのかもしれない。

「そうだ。この時期には目減りしている小麦などを配布したり、逆に余っている食料を購入したりもする。それと医者の真似事もな。冬の間に病気になったり怪我をした人間を診《み》てあげたりな」

「そっか。お母さんは神官系の職だもんね」

別の馬車にいたお父さんがこちらに来ていたので、補足をしてくれる。

「自分の領か、王家の直轄領にしかやらんがな。しかしお前の子供は賢いな」

お父さんと一緒に来たダルウッド伯爵が僕の頭を撫でてくれた。

「息子の相手をありがとう」

「いえ、楽しかったです」

「むう、父上、オレが遊んでやってたのだだだだだだだだ」

「そういう言い方をするんじゃない」

コンラートが嫉妬《しっと》交じりで不満を口にすると、頭を掴《つか》まれていた。

「村長に挨拶に行ってくる。二人とも、いい子でお留守番をしているんだぞ？」

「あ、はい」

「うん」

「ほっほっほっ、お二人はこの爺めがしっかりとお相手をいたしましょう」

「クレンディル、頼んだ」

「さあさあ、お坊ちゃま方。長い馬車旅でお疲れでしょう。こちらでお茶にいたしましょう」

僕はテーブルと椅子が用意されている場所に視線を送った。シンシアたちがお茶の準備を進めている。

僕とコンラートはあそこから離れない方がよさそうだ。

「クレンディル先生、コンラート君と軍盤をしてみませんか？」

「ほお、それは面白そうですな」

軍盤と言われて黙っていられない先生を煽《あお》る。

「む、オレがか？」

「うん。僕は先生に勝てたことがないんだ。かたき討ちを頼む」

「ジルベールがか？　わかった、お相手を頼もう」

僕たちは屋敷から出られなかったから、軍盤を嗜《たしな》む時間が長い。馬車の中で話していたが、コンラートは体を動かすのも好きだが、軍盤もそれなりに好きなようだ。

ちなみに僕も軍盤が好きだ。あまり屋敷にいないお父さんだが、軍盤の相手はしてくれるから。

お父さんは基本的に、ハンデなしで全力で攻めてくるから面白い。

「そんなに時間がかからずに戻ってくる。戻ったら食事にしよう」

「ほっほっほっ、それではあまり時間はありませんな。コンラート坊ちゃま、お相手お願いいたします」

「ああ、こちらこそよろしく頼む」

しばらく後、泣きそうな顔でこちらを見るコンラート君に、かたき討ちのかたき討ちを頼まれた。

もちろんそれは叶《かな》わなかったが。

ゲームのイベント的なものがあるかもと出発前に身構えていた僕だったけど、特に何事もなく旅は進んだ。

盗賊や謎の敵対組織の襲撃、そんなものはなかったのだ。

コンラートも魔物や盗賊が気になっていて心配をしていたが、そもそも職業を持ち基本的に普通の人間よりも強い貴族と、貴族を護衛している騎士たちに囲まれている僕たちだ。

それに対して盗賊とは平民や冒険者崩れ。騎士に喧嘩《けんか》を売るような人間はほとんどいない。

馬車の車列が長くなっていたので、魔物が現れることはあった……らしい。

でも実際には報告を受けたお父さんの横にいて聞いただけなのである。

魔物が近づいていたとしても、僕たちが気づく前に騎士たちがやっつけてしまっていたからだ。

緊張感が薄れつつある僕だが、油断はできない。

騎士たちがどれだけ強くても、勝てない相手には勝てないからだ。場合によっては空間魔法のゲートで逃げ出す算段もつけておかねばならないのだ。

「さて、今日の目的地に到着だ」

「おおきいっ、すげー」

到着したのは今まで通過した村どころか、僕の住んでいる領都よりも強固で迫力のある壁に囲まれた街だ。

「ようこそおいでくださいました。歓迎いたします」

今日はコンラートと一緒ではなく、お父さんとお母さんとシンシアが馬車に同乗していた。

なにかと思ったら、大きな街に到着するからだったようだ。

「ダルウッド伯爵家と共にご案内いたします。彼らの後を付いてきていただきますようお願いいたします」

「ああ、頼む」

お父さんが挨拶を簡単に返している相手は、レドリックと同じ騎士服を着た人だ。

同じ所属の人なのかな？

大きな門を抜けて街の中に入る。多くの人間が行き来をし、露店なんかも数が出ている。

「すごいだろう？　西と南の主要部から王都へ抜ける街の中で一番栄えている場所なんだ」

「人がいっぱい！　お店も大きいし道も広いね！」

「ああ。多くの馬車が行き来する分、道が大きく造られているんだ」

「えっと、交易都市イーリャッハ、だっけ」

「そうだ」

イーリャッハ。西部と南部の都市からの中継基地としてこの辺りで一番大きいとされる街だ。モーリアント公爵が統治をしているこの都市は、近くにダンジョンも存在しているため冒険者も数多く在籍している。僕も『ユージンの奇跡』ではよく利用していた街で、ここで購入できる武具は中盤あたりまで活躍するので、金策が必ず必要になる場所だ。

この世界に伝えられている『英雄ユージン物語』でも登場した街で、ガトムズが仲間になる街でもある。

「お父さん、大きな像っ！」

「あれは賢者ガトムズだ。ここは彼の出身地でもあるからな」

「おおー」

いかにも魔法使いといったローブに杖《つえ》を構えた男の像。そんな彼を生んだこの街では、ユージンよりもガトムズの方が人気らしく、街中に見える冒険者たちの中には多くの魔術師だか魔法使いだかが見える。

僕の屋敷もゲームで登場した場所だけど、ユージンを推してはいない。

英雄ユージン物語ではユージンの出身地は開拓村としか出てこなくて、出身地が明確にされていないからだと思う。

「どこに向かってるの？」

「とりあえず、宿だ」

「久しぶりにお風呂に入れるわね」

「そうですね」

お母さんとシンシアが嬉《うれ》しそうにしている。

でもこんな大きな街に到着したからこそ、イベントが発生するかもしれない。いいイベントか悪いイベントかわからないけど、気を引き締めていかないといけないな。


「こちらになります」

「案内ご苦労」

「いえ」

お父さんが案内してくれた騎士にお金を払っている。チップ的なものかな。

街の中を馬車でまっすぐ移動して、お店やら家やらが並んでいる先に進むと、お城のような背の高い石造りのお屋敷が見えた。

そのお屋敷の近くにある、やはり背の高い建物。

そこには多くの人間が待っていた。

「ようこそいらっしゃいました。ダルウッド伯爵家、オルト子爵家の皆様。当宿でごゆるりとお休みください」

「世話になる」

「よろしく頼むよ」

ここは宿泊施設のようだ。

「ではアーカム、また後で」

「ああ、出かけるときは一緒に行こう」

「ほっほっほっ、ではワシは一度失礼させていただきますよ」

「クレンディル先生？」

馬車から降りたクレンディル先生が、僕たちに挨拶をする。

「この街には孫夫婦がいますでな。爺はそちらで厄介になる予定なのですじゃ」

「そうだったんですか」

クレンディル先生は五十台後半くらいに見えるんだけど、お孫さんが結婚されているくらいの歳らしい。

「ええ、後でまたご挨拶をさせていただきますじゃ」

「ああ、三日後にまた会おう」

そのまま先生は伯爵やマリアンヌ様たちにも挨拶をして出かけていった。

僕たちは宿の部屋に案内され、一つの部屋に入る。

「マンションみたい」

「うん？　なんだ？」

「なんでもない」

案内された部屋は、僕が考えていた日本のホテルとは様式が異なっていた。

扉を開けると廊下があって、部屋がいくつかに分かれてている。

僕なら普通にここで生活ができるレベルだ。

日本のワンルームのビジネスホテルでも僕なら生活できるけど。

「さあ、こちらに」

「お手伝いいたします」

荷物を置くと、さっさと脱衣所に連れていかれお母さんに服を剥《む》かれる。

お母さんも服を脱いで、僕の背中を押しながら浴室に連れていかれた。

「ジルちゃん、浴槽に水を出せるかしら？」

「やってみる、お湯のがいい？」

「少しやってみてもらえるかしら？」

お母さんに言われるがまま、僕は浴槽にお湯をためる。旅の途中でお母さんに教わったやり方だ。

水をそのまま出すのと大して変わらない。

お母さんが手を入れてみて、温度は問題なさそうだから続けてと言ったので続ける。

「さあ、体を流しますよ」

お母さんはその間に、小さないくつものタライにやはりお湯を作っていた。

タオルもまとわないお母さんが、僕の体をお湯で流した。

「まだお湯が入りきってないのに」

「だってすぐ洗いたいじゃない？」

白い肌と均整の取れたプロポーションのお母さん。とても二児の母親に見えない人が石けんを泡立てて僕の体を手早く洗いだす。

ここのところ体を拭くだけだったからすごくスッキリする。

魔法とかで体を綺麗にできるようなものを考えた方がいいかもしれない。

「失礼いたします」

「ええ、お願い」

シンシアも裸で登場だ。着やせする傾向の彼女はスタイルも良く、可愛らしい。

久しぶりのお風呂が嬉しいのかフサフサの尻尾をフリフリしている。

「シンシアも入るの？」

「ミレニア様の髪を洗いますから」

お母さんの髪の毛はとても長いから、お風呂の時にお手伝いをするらしい。お母さんは一人でお風呂に入れる貴族だけど、今日はシンシアにお願いしたようだ。

「ジルちゃんをお願い」

「はい、ジルベール様、頭を洗いますよ」

「はぁい」

端に寄せられて、シンシアに頭をわしゃわしゃされる。

「流します」

頭を洗われて泡だらけの僕は、上からお湯を何度もかぶせられた。

そして泡が落ちきったのか、抱き上げられて半端にお湯の入った浴槽に入れられる。

ちょっと浴槽が深いみたい。

「こちらを」

「準備がいいね」

少し重い椅子を用意していたみたいで、僕はそれに座って、お湯を作る。

足先が浸《つ》かる程度だったお湯がかさを増し、だんだんとお湯の水位が上がっていく。

「はぁー」

「気持ちよさそうね」

「うん」

僕の世話を終えたシンシアは、お母さんの体を磨くように洗っている。家族を家族に近い人が洗っているその姿は、実になんともいえない光景だ。

子供ボディの僕の体は反応しないけど、見る価値は十分にあるのである。

浴槽にお湯がたまったので、浴槽から手を伸ばして……届かないから空いてるタライにお湯を飛ばして追加していく。

「あの、奥様」

「何かしら？」

「ジルベール様が、お湯をタライに飛ばしてるんですけど」

「できるみたいだし、いいんじゃないかしら？　許可は出したわよ？」

「なるほど」

「勝手に魔法は使わないよ。信用ないなぁ」

「前科が多いですので」

「ちょっとじゃん」

「ふふ、ジルちゃん。気をつけなきゃダメよ？」

「はぁい」

体を洗ったら次は髪の毛のようだ。

そしてそれが終わると、お母さんは浴槽に入ってきた。

シンシアが体を洗いだす頃には時間が結構経《た》ったので、僕は先にお風呂から上がることにする。

僕が出ればお母さんとシンシアもゆっくり浴槽に浸かれるだろうからね。

髪を乾かす魔道具までは設置されてなかったので、タオルで入念に髪を拭く。

シンシアが用意してくれたであろう寝間着を着て、リビングに行くと、ファラがミルオックスの牛乳を出してくれた。

それを飲んで、ベッドに転がっていると睡魔という敵に襲われてあっさりと敗北してしまう。

ふあ、やっぱりお風呂は気持ちがいいや。

「失礼いたします」

「ああ！　ようやく顔を出したな！」

でかっ！

休憩をして夕方になった。そして移動だ。この世界かこの街だけかわからないけど、魔法の灯《ともしび》だろうか街灯的なものもあって、比較的高い建物に囲まれた道もそんなに暗くない。

そんな街を少しだけ移動し、石造りの立派なお屋敷に入った。

いや、お屋敷もでかかったけど、出迎えてくれたこの人もでかい。それと見事すぎるカイゼル髭《ひげ》だ。

「コンラートにジルベールであったか！　この街の主《あるじ》、モーリアント公爵であるっ」

「は、はい」

「お初にお目にかかります、閣下」

圧倒されたコンラートがいたので、僕は冷静にご挨拶だ。

「うむ、コンラートは子供らしくてよろしい！　ダルウッドよ、お前に似たよい顔立ちだな！　ジルベールはしっかりしているな、さすがは赤剣の息子だ！　だが顔立ちは夫人似かの！」

赤剣？

「ありがとうございます。立派な跡継ぎとして教育していきたく思います」

「私に似なくてよかったと思っております。妻に似れば間違いなく美男になりますから」

「はっはっはっ、コンラートは長男であったな！　父に倣い、立派になるがよい！」

「は、はい！」

脇に手を入れれて持ち上げられたコンラートが、高い高いされている。あれ、僕もやられるのかな、怖いんですけど。

「ジルベール、なかなか興味深いものを作ったようだな！　後で共に遊ぼう」

「はい」

頑張って小さい『ぁ』を発音しないように返事をする僕の頭を、公爵閣下が撫でてくれた。

「さあ、かけてくれ！　食事にしよう！　かたっくるしいのは抜きだからな」

「さ、並びましょう」

「うん」

お母さんに背を押されて、席の横に立つ。台が置かれているから、その上に乗ればいいのだ。でないとテーブルに隠れてしまう。

ついでに椅子もファミレスにあるようなキッズチェアだ。

僕たちを歓待してくれているのは、この都市の頂点に立つお方。現国王の叔父であり、僕たちの住む西部の統括でもある『ベルベット＝フランメシア＝モーリアント公爵』その人だ。

ベルベットがお名前で、フランメシアがこの国の名前。

この交易都市イーリャッハを含むモーリアント地方の領主代行である彼は、僕のお父さんの直属の上司である。

この地方は王家直轄地のため、領主はいない。あくまでも領主代行だ。

「さて、俺の娘を紹介しよう」

「ようやくですの？」

僕たちが席に座る前から閣下の席の横にいた女性が、閣下のカイゼル髭を引っ張って不満を口にする。

気安い関係っぽい。奥さんかな？

「すまんな、イーリア」

「謝るのならば、サフィーネにです。待たせているのですから」

「そうだな。フィーネを呼んでくれ」

閣下が声をかけると、僕らが入ってきた扉とは違う扉が開かれる。

「失礼いたします」

お澄まし顔の、青い髪の毛を巻いた黄色いドレス姿の女の子が入ってきた。

そして閣下の横に並んだ。

そこにも台があるのだろう。彼女はその台に立って僕たちを見つめる。

「サフィーネ＝フランメシア＝モーリアントにございます。遠方よりようこそ足をお運びくださいました」

その言葉に周りが頭を下げた。礼儀作法を学んだ僕も遅れはしない。コンラートもその辺の教育は徹底されていたのか、きちんと頭を下げている。

「フィーネ、こちらがダルウッド伯爵だ」

「ダルウッド領では多くの木材が西部を支えていると聞きます。西部のため、ひいてはフランメシア王国のためにご尽力感謝いたします」

「サフィーネ姫様、お初にお目にかかります。跡継ぎのコンラートをご紹介させていただきます」

「コンラート＝ダルウッドにございます。よろしくお願いいたします」

「同じ年に生まれた者同士ですもの。仲良くしてくださいね」

「はいっ」

うんコンラートは上手に挨拶ができたようです。

「そちらがオルト子爵。お前のお気に入りを進呈してくれた西部最南端を守る強い領主だ」

「オルト子爵、初めまして。ジルベールカード、とても気に入っておりますわ」

「お初にお目にかかります、サフィーネ姫様。アーカム＝オルトと申します。ジルベールカードで遊んでいただきありがとうございます。そのジルベールカードを考案した息子を紹介させていただいてもよろしいでしょうか？」

「嬉しいわ！　ぜひともご挨拶をしたかったの！」

お父さんの言葉に返事があったので、僕も頭を上げる。お父さんが頷いたので、僕の挨拶の番だ。

「お初にお目にかかります。アーカム＝オルトの第二子、ジルベール＝オルトにございます。僕の考案したゲームで遊んでいただき、嬉しく思います」

社会人として多くの相手と名刺交換を行っていた僕に、初めましての挨拶で緊張することなどない。

というかジルベールカードって正式名称なの？　そっちの方が気になるんですけど？

「あとで一緒に遊びましょうね」

そう言いながら頭を撫でてくれる。

「はい」

接待プレイが必要かな？

「挨拶はここまでにして、食事にしよう。おしゃべりに口を動かすのは後でよかろう」

「ええ、秘蔵のワインも準備しましたわ。皆さん、お席についてください」

閣下の奥さんの言葉に、席に座る。

もちろんキッズチェアに自分では座れないので、ここの使用人に持ち上げられて座らせられるのだが。

「次代を担う貴族の子の誕生に」

「「「乾杯」」」

大人たちはワインで、僕たちはぶどうジュースで乾杯だ。

うまぁ、何このジュースっ！　そして準備される豪華な食事、子供に用意する量じゃないよね？

食べきれんわ。

ちなみに残してもマナー違反ではないので安心だ。そしてこういうコース料理となると、食事にすごく時間がかかる。それは僕だけではないようで、サフィーネ姫様もゆっくりめの食事だ。コンラート君が遅いのはマナーに気をつけてて感じだけど。

そして気がつくと大人たちはおしゃべりを再開、子供たちだけでの食事になるのであった。

「さて、子供たちは子供たちで遊ばせておこうか」

「そうだな。我々は我々で話をしましょう」

食事が終わると、部屋を移動だ。広くて豪華な食堂から、別の部屋に移る。

そこにはいくつものテーブルと椅子が並んでおり、ティーセットが用意されていた。

暖炉もある。だが、食堂と比べると少し質素な部屋だ。

大人は男チームと女チームに分かれるようで、別々のテーブルに座った。

そして僕たちが移動する先は地面に敷かれた大きな絨毯《じゅうたん》。そこにいくつもクッションが置かれている。

「まさかのキッズスペース」

「どうかしましたか?」

「シンシア、なんでもない」

そこにいたのはシンシアと旅の最中によく見たダルウッド家のメイドさん。あと何人ものメイドさんと執事さんだ。

僕たちの世話、というよりはサフィーネ姫様の付き人だろう。

「さっそく遊びましょう！　ジルベールカードも用意したわ」

「はい、お相手お願いいたします」

「よ、よろしくお願いします」

姫様が絨毯に乗る前に靴を脱いだので、僕も靴を脱いで絨毯に上がる。

姫様に席を勧められて着席をする僕とコンラート。

「ジルベールにコンラートね？　あ、コンラートとジルベールね。よろしく！」

「はい、よろしくお願いいたします」

「よろしくお願いします」

家格が上でしかも跡取りという立ち位置のコンラートの方が僕より立場は上だ。コンラートを先に呼ばなければならない。

サフィーネ姫様が僕たちを最初に呼んだとき、執事の一人が動こうとしたのは注意をしようとしたのかもしれない。

「コンラートはジルベールカードは知っているかしら？　まだほとんどの方は触ったことがないらしいのだけど」

「こちらへの旅の最中に、ジルベールに教わりました」

「はい、ですが馬車の中でしたので黒星くらいしかできませんでした。せっかくカードが広げられるので、数合わせや七並べがいいのではないかと思います」

「む？　黒星と二十五以外にも遊び方があったのか！」

「七並べは知らないわね、興味あるけど、まずは……数合わせにしましょうか」

　サフィーネ姫様が宝石箱のような箱からトランプもどき、ジルベールカードを取り出した。

「数合わせとはどのようなゲームなのだ？」

「コンラート、ホストはサフィーネ姫様だよ」

「あっ」

　ジルベールカードを教えたのは僕だから僕に聞こうとするが、今日はサフィーネ姫様の招待だ。まず彼女にお伺いを立てないといけない。

　コンラートの失敗した！　という顔を見て姫様がクスクスと笑う。

「いいのよ。教えてあげるからちゃんと聞いてね？」

「ありがとうございます」

　コンラートが姫様にお礼を言う。姫様がカードを執事の一人に渡すと、執事がカードを裏返しにして丁寧に一枚ずつ並べていった。

　それをコンラートが目を輝かせながら見つめている。

「ファラッド、説明を」

「はい、姫様」

　ファラッドと呼ばれた執事さんが、神経衰弱——数合わせのルールを説明していった。

　それを真剣に聞くコンラート。

カードをめくって実際に見せたりと、とても丁寧に教わっている。

「だいたい、わかりました」

「では実際にやってみましょう」

ファラッドが再びカードをシャッフルして並べる……並べるだけ並べてあとは見ているだけって、大変そうだなぁ。

最初の対戦が終わった。

「三十枚です」

「……十六枚よ」

「……八枚です」

うん、子供になんか負けないのだ。

「さすが、考案者様。お強いですね」

「いえいえ、そんなことは」

実は順番が家格順でスタートしてしまったのだ。

公爵家の姫様が最初、次に伯爵家のコンラート。最後が僕なのである。

二人がめくった段階でわかっているものを僕が取り、間違えるときはわざと既に開いたカードをめくってヒントにしないようにする。

僕があらかた取ってカードが減った状態で姫様の番になるから、姫様もある程度取れる。

結果としてコンラートが取れるカードはほとんどなくなってしまうのだ。

姫様はある程度やっているが、コンラートは初めてのゲーム。コンラートが苦戦するのもしょうがないし。それに三番目なんて、ジルベール無双なのである。

そう、もう一度言う。ジルベール無双なのである。

「く、もう一回ですわ」

「うむ、次は負けないっ」

規則正しく並べられているので、覚えるのも楽だ。

「では再び並べます」

執事のファラッドさんがシャッフルをして綺麗に並べてくれる。

そして当然のように姫様から開始し、失敗。コンラートも別のカードをめくって失敗をした。

僕も二枚適当にめくって、当たりがあったのでそれをもらう。次をめくったけどダメだったので、コンラートが失敗したカードをめくって次の姫様に回した。

「あ……そういうことね」

気づかれたらしい。

「お気づきになられました？」

「ええ、あなた、いい性格しているわ」

「いえいえ」

「なんだというのだ……く、また外れだ」

姫様が失敗してコンラートも失敗すると、僕はかなり有利になる。

二巡目の段階で、既に二ペア、四枚も獲得できている。

姫様も僕のめくり方を真似するが、姫様の次はコンラートだ。算数も満足にできない彼が僕と姫様の駆け引きに交ざることで、ゲームが僕の有利に傾く。

「なんでそこをめくりますのっ！」

「ちょっと、揃えられたじゃないっ！」

「ああ、また新しいところをっ」

コンラートがめくるたびに、姫様の口から悲鳴があがる。

結構負けず嫌いな性格してるなぁ。

「くうっ！　もう一度よ！」

「また負けた……このゲームは難しい」

数合わせを何度も繰り返し、声を出していた姫様のためにお茶休憩が入る。

僕たちは絨毯に座ったまま、料亭のお盆みたいな足の付いたお盆で紅茶を飲み始めた。

「ジルベール様、少しは加減してあげてください。相手はお姫様なんですよ」

接待プレイ忘れてた！

「あ、そっか……でももう遅くない？」

「はあ、もっと運の要素の強いゲームのご提案を」

シンシアからの小声の指摘に、子供相手に本気で戦っている自分に気づく。

仕方ない、比較的簡単なゲームに切り替えるか。

「一枚残し？」

「ええ、黒星を変化させた遊びです。ご提案させていただいてもよろしいですか？」

「……そうね。そろそろ別のゲームにしましょう」

攻略法は大体掴《つか》めたわ、そう呟く姫様が僕の提案を受け入れてくれた。

「黒星と違い、白い星も入れてシャッフルします。お願いしてもいいですか？」

「かしこまりました」

ディーラーのファラッドさんがカードをシャッフルしてくれる。

「ではファラッドさん。一番上のカードを誰にも見えないように、外して置いてください」

「こうですね」

僕の言葉にファラッドさんがカードの表が見えないように僕たちの中心に置く。

「残ったカードを全員に配っていただきます。基本ルールは黒星と同じです。姫様は黒星をご存じなんですよね？」

「ええ。最後まで黒い星のカードを持っていた人の負けよね」

姫様の言葉に僕は頷く。

「今回は黒い星は白い星と同じ数字扱いにします。つまり黒い星と白い星が揃えば黒い星も捨てられるのです。その代わりがこのカードです」

裏返しに置かれたカードを僕が指差す。

「このカードが、外れのカード、というわけね」

「む？　どういうことだ？」

「コンラート、このカードゲームは一から十三までの数字が四種類、それと白い星と黒い星の二枚が入っている。その中でこのカードだけが、ペアになれないんだ」

「ペアで、捨てられないってことか」

「そうね。この一枚と同じ数字を持っている人が最後まで残ってしまう。しかし、そのカードは誰にもわからない状態になっているのね」

「そういうことです。まあ黒星と同じくカードを捨てていって、最後に残った人の負けなのは変わらないから」

「わ、わかった」

僕と姫様の解説によりコンラートも理解する。

ババ抜きではなくジジ抜きだ。

「ではカードを配ります。姫様、こちらを」

「ええ、頂くわ」

ああ、ファラッドさんに配らせるとまとめて渡されるんだ。

「これなら僕も答えがわからないから、開発者が有利ということにはならないでしょう？」

「ええ、いい条件だわ」

「うむ。次は負けない」

そう言いながら執事さんに渡されたカードからペアのカードをどんどん抜いていく。

と、残りカードが二枚になってしまっていた。たまにあるよねこういうとき。

「ちょっと」

「おい」

「いや、これは、運が良かったということで」

姫様がコンラートからカードを取り始めたので、コンラートが僕のカードを取った。

家格順で回ってるみたいだから、そうなるのはしょうがないんだけど。

そして僕が姫様からカードを取ると、あがってしまった。

「ぐぬぬぬぬ」

「貴様」

「いやいや、唸《うな》らないでくださいよ！」

本当に運なんだから！


「さあ、そろそろお休みの時間よ」

「フィーネ、楽しめたか？」

「ええ、面白かったわ」

トランプもどきばっかりやってたけど、なんだかんだで面白かった。大人たちと違い、表情豊かな子供と遊ぶのも楽しいものだ。

「部屋は用意してある。今日はゆるりと休まれよ」

「ありがとうございます」

伯爵が僕たちを代表してお礼を言ってくれたので、僕は頭を下げるだけだ。

ん？　部屋？　宿に戻るんじゃないの？

「では良い夜を」

「コンラート、ジルベール。おやすみなさい」

「「おやすみなさい、サフィーネ姫様」」

公爵家の人たちが下がったので、僕たちも案内されて移動である。

宿は荷物を預けて使用人や騎士たちを休ませるだけで、僕たちはここに泊まりのようだ。

お父さんとお母さん、僕とシンシアが一つの部屋に通される。客間なんだろうけど、なんとも豪華な部屋である。

今日は用意された寝間着に着替えて、歯ブラシで歯を磨いて寝るだけだ。

「では私は行ってくる」

「はい、頑張ってください」

「ああ、しかし公爵は酒に強いからな」

「お父さんはお出かけ？」

「まだ公爵と話すことがあるのでな」

先ほどはお母さんたちと子供がいたから区切りにしただけらしい。

お母さんと僕におやすみのキスをしたお父さんが出かけると、お母さんに連れられ部屋に備え付けの個室にあるバスタブへ。

軽く体を拭く程度かと思いきや、しっかりとお風呂に入らされる。ここでも僕の魔法発動！　とか考えていたけど、しっかりとお湯は用意されていた。

さすが公爵家。

本日二度目のお風呂に入り歯を磨いた僕は、ささっと寝間着に着替えてベッドに収まった。

「ねえねえお母さん」

「なあに？」

鏡台の前に座って、シンシアに髪を梳《と》かしてもらっているお母さんに声をかけた。

「サフィーネ姫様とコンラートと僕しか子供はいないの？」

「もちろん、もっとたくさんいるわ」

「そうだよね？」

軽く地図を見ただけだし、ゲームでしか知らないけど、西部はかなり広い。その広大な土地にお披露目予定の貴族の子が三人だけとは考えづらい。

「基本的に王家にご挨拶するのは、王家への貢献度の高い家や、王家と関係の近い家がほとんどなのよ？　同じ王都で暮らしていても、王家へのお披露目を行わない貴族家もいるの。ミドラちゃんの時には王都にいたけど、ご挨拶には行かなかったわね」

「そうなんだ？」

　ってことは王家への貢献度が上がった？　それともうちって王家と距離が近くなった？

「ミドラちゃんが王太子殿下と同い年で、王家への覚えがめでたくなったのよ？　とても名誉なことなの」

「でも嬉しそう、じゃないね？」

「だって移動もご挨拶も面倒じゃない？」

「奥様、お言葉が崩れております」

　静かに控えていたシンシアから思わずツッコミが入る。

　お母さんぶっちゃけますね。

「ミドラお兄ちゃんかぁ」

　今は王都でお勉強中で年に数度しか帰ってこないお兄ちゃんだが、去年はとうとう帰ってこなかったうちの跡取り息子である。

「ミドラちゃんがお嫁さんをもらうから、そのご家族にご挨拶にも行くのよ？」

「お兄ちゃん結婚するの!?」

「ええ、そうよ」

「初耳だよ!?」

「言ってなかったかしら？　騎士の試験に受かって騎士のＪＯＢを得て、それで向こうのご家庭にご挨拶に行きたいって」

「お兄ちゃん騎士になったんだ」

お父さんと同じ職だ。

「他のも何か持ってるの？」

「魔術師も取りたいって言ってたのだけど、まだよ。魔術師の書はジルちゃんが用意してくれたから、領に戻ったら渡してあげるつもり。使えるようになるのはいつになるかわからないけど」

「おー」

そうなると魔法剣士の書が必要になるな。屋敷のチュートリアルダンジョンの二層に行けばあると思うけど、そこは戦闘があるからまだ行ってないんだよね。

「あと、赤剣って？　お父さんのことだよね？」

「覚えてたのね？　お父さんの二つ名よ」

「二つ名っ！　冒険者っぽいっ！」

「騎士として名乗ることを許された二つ名なのよ」

お母さんが鏡越しに苦笑いしているのが見える。

「騎士として？」

「ええ。お父さんが戦うとき、魔法剣士として剣に火ではなくて熱を通すの。その高温になり赤く耀《かがや》く剣を持って、魔物を倒す姿から赤剣のアーカムって呼ばれているのよ？　他にも赤の守護騎士とか、とにかく赤い剣を持ってるって特徴があだ名になっているわね」

「剣が赤く」

それってどんだけ高温にしたらなるんだろうか？　お父さん熱くないのかな？

「熱そう」

「そうなのよね。ジルちゃんもやってみたい？」

「格好いいけど、剣は怖いかなぁ」

ナイフを持ってスリムスポアを倒した僕だけど、刃物はやっぱり怖いものだと思う。

「ジルベール様にはあまり向かなそうですものね」

シンシアの言う通りだ。僕もそう思う。

「そうねぇ。この歳であれだけ魔法を操れるんだもの。魔力も高そうだし」

「魔力？　わかるの？」

「なんとなく、かしら？」

「ほえー」

でも僕は魔術師のＪＯＢを持って既に育て始めている。魔力最大値アップもパッシブスキルで入っているはずなので、普通の子供よりは多いだろう。

「いろんな魔法職の人と接していると、そのうちわかるようになるわよ？」

「そっかぁ」

髪を梳かし終えたお母さんは、衝立の裏で着替える。

そしてセクシーなネグリジェ姿になって、僕の寝ているベッドに入った。

「それじゃあ寝ましょう？」

「はぁい」

「おやすみなさいませ。横の使用人室にいますので、何かございましたら呼び鈴を」

「シンシアもしっかり休みなさい？　なるべく起こさないようにするから」

「かしこまりました」

照明の魔道具に蓋《ふた》をして、シンシアがロウソクを持って部屋から出ていく。

「お母さん、おやすみなさい」

「はい、おやすみなさい」

ここのベッド、うちの屋敷のベッドよりも柔らかくって温かくって、布団も軽い。

お母さんの匂いにも安心し、あっさりと僕の意識はなくなるのであった。


「また勝ったわ！」

「むう、ギリギリで負けました。参りました」

「く、あまり参加できていないっ」

翌日。王都への出発は明日らしく、今日は一日ゆっくりだ。

なので今日も公爵家のお茶会室、キッズスペースにてトランプもどきで遊んでいた。

姫様と僕と、おまけでコンラートの数合わせの戦いは激しかった。

僕も接待プレイを心掛けているというのもあるが、わざととはいえ負け続けるのはしんどい。だからなるべく圧勝しないようにしていたけど、負けが込んできた。

「七並べっていうのはどういうものかしら？」

「ご説明してもいいですけど、三人でやるのはあまり適さない気がしますね」

七並べは四、五人でやった方が場が混沌《こんとん》として面白いと思う。

「他に何かゲームはないかしら？　知らないものの方がいいわ！」

「そうですね。少し難しいかもしれないのですが……」

「む、そんなのもあるのか？」

三人でできるゲームで、盛り上がるものだとポーカーだろうか。

でも、役の表なんかがないので、難しいかもしれない。

「シンシア、僕のカードはある？」

「こちらにございます」

準備していてくれたらしい僕のカード。姫様のものと比べると質素な木の箱に入っているそれを取り出して、役ごとに並べていく。

「コレがワンペアでコレがツーペア、スリーカードに、ストレート、フラッシュ、フルハウス……まあフルハウスでいいか。フォーカード、ストレートフラッシュにロイヤルストレートフラッシュ……と」

全部並べると場所を取るな。

「これは？」

「姫様のカードで説明をしますね。シャッフルをお願いして五枚ずつカードを配ってください」

姫様が興味津々で覗《のぞ》き込むのを、執事のファラッドさんが抑えつつカードを配ってくれる。

その後で僕はファラッドさんから山札を受け取って、何枚かを上に持っていく。説明をするためにカードを並び替えたのだ。

「最初は見せながらやりますね。配られた五枚のカードの中で、これらの役の見本に近いものを目指します。僕の手札だと、四が一組揃ってますね。これはワンペア、こちらの状態です」

テーブルの上ではなく絨毯の上なので、体を伸ばしてワンペアの見本を指差す。

「この状態でワンペア、一番下の役の状態ですね。この中で、自分がいらないと思うカードを裏側にして捨てて、同じ枚数のカードを取ります」

僕は手持ちのカードを二枚裏側にして捨てて、二枚新しく補充した。

「こうすると、ワンペアだった役がスリーカードになりました。つまりこっちの、下から二番目の役になります」

「なる、ほど？」

「三枚カードを残して、二枚カードを捨てて補充します。あ、星が来ましたね」

僕は黒い星のカードと、数字の一のカードを入手した。

「星のカードは、自由のカードです。すべてのカードの代わりに使えます。僕の手札だと、四のスリーカードが一組と、一のカードと星のカード。フルハウスにもフォーカードにもできますので、この場合フォーカードにします」

　そこでフォーカードの見本を指差す。

「上から三番目に強い組み合わせになりました。こうやってみんなで手札を二回交換して、強い役を出せた人の勝ちというルールです」

「少し難しいわね」

「横にこれを出したままにしておいてくれれば、見ながらできるな」

「この役の見本はこのままにしておきましょう」

　僕はカードのシャッフルをお願いした。

「ジルベール様、よろしいでしょうか？」

「はい、えっと。ファラッドさん」

　カードを配ってくれるファラッドさんが、僕に声をかけてきた。カードを渡してくれるときの『こちらをどうぞ』以外では初めてかもしれない。

「例えば同じワンペア同士だった場合は、同点ですか？」

「その場合、一が一番上で、それ以外は数字の大きい順です。ツーペアやフルハウスも同様です。フルハウスの場合は三枚の方の数字で競いましょうか」

　細かいルールは今決めてしまえばいい。公式大会のポーカーのルールなんて知らないし。カジノなんかでの場合、カードの配布も二枚からとかの決まりがあったはずだ。

「ストレートの場合は？」

「それも数字の大きい順で。でもストレートの場合は十三から一にはいけません」

「ふむ、理由を聞いても？」

「ロイヤルストレートフラッシュが、特別だからです」

「ロイヤルは特別、ですか。なるほど。では数字が同じで、役も同じであればどう判別しましょうか」

「そうですね……火は水に負け、水は雷に、雷は風に、風は火に負けるというのはどうでしょう？　それ以外の組み合わせの場合は引き分けってことで」

「カードを裏側にして捨てるのは？」

「人の捨てたカードを見て、役が成立しなくなると知られるのを防ぐためです」

「役の順位はどう決められたのですか？」

「揃いにくそうな順番で」

「なるほど……。ニーナ、書くものを」

「かしこまりました」

どうやらいつでも遊べるようにメモを取るようだ。真面目な執事さんである。

「ところでこのゲームの名前は、なんというのですか？」

「このゲームの名前、名前ですか」

ポーカーのままでいいかな？

そう思ったけど、名付けの理由とか細かく聞かれると少し困るな。

どうしよっか。

「名前は……サフィーネ姫様、何かいいのありますか？」

「え？　名前、ですか？」

「はい。これは前から考えていたゲームなのですが、名前が決まっていなかったので」

「わたしが決めていいのですか！」

驚きの声をあげて、立ち上がる姫様。

「え、ええ。まだ決まっておりませんので案をいただければと」

「お待ちを！　お父様！　お父様！」

「え、ちょっ」

「サフィーネ姫様っ!?」

驚いていると、同じくお茶会室でお父さんと伯爵と話していた公爵が何事かとこちらに歩いてきた。

お父さんと伯爵も何事かと、ついでにお母さんたちも。

「新しいゲームを教わりましたの！」

「おお、そうか。それはそれは、世話になるなジルベール」

「いえ」

「それでジルベールがわたしにこのゲームの名前を付けていいって！」

「なんとっ！」

公爵が目を見開く。伯爵も驚いていて、お父さんは苦笑いだ。

「ジルベールよ！」

「あ、えっと、まずかったでしょうか？　何か失礼でも……申し訳ございません、閣下」

でかい人の剣幕に、僕はビビッてしまう。

子供ボディな僕に威圧感に対する耐性はないのである。

「素晴らしいっ！　このような素敵なプレゼントを頂けるとは！　よかったな！　フィーネ！」

「え？　え？」

公爵に持ち上げられて担がれて、肩に乗せられる僕がいた。

ててーん！

「高っ」

「ゲームの名前はそうだな、サフィーネゲームとするしかあるまい」

「わたしの名前を付けていいのですか!?」

「うむっ！　このゲームを最初にやった人間として、相応《ふさわ》しかろう！」

公爵がテンション高めに動くから、肩の上の僕もグラグラして怖い。

「オルト子爵っ」

「はっ！」

「貴様の息子は素晴らしいな！　例の件、全面的に支援することを約束する」

「ありがとうございます」

「商会の立ち上げが必要になるぞ？　誰ぞ信用できる人間はいるか？」

「父の商会の代表の子を引き上げる予定にございます」

「一人息子か？」

「いえ、次男がいます。長男は跡取りでしたが、今回の件で独立を希望しました。既存の商会で扱うよりも新規の専門の商会を用意するべきであると」

「ふむ。その考えには同意だ。信用はできるか？」

「我が領への行商を生業《なりわい》としている者です、ご安心を」

公爵がカイゼル髭を引っ張って考えるそぶりをみせる。

「よかろう。明日、商業ギルドに書類を用意させよう。今のうちに準備を整えておけ」

「かしこまりました」

「ジルベールは名前を書けるか？」

「問題ございません」

答えたお父さんではなく、首を傾けて肩の上の僕を見る公爵。

「書けます」

「よし、では問題ないな。ジルベールよ、さっそくだがワシにもサフィーネゲームを教えてくれ。一緒に遊ぼうではないか」

「わ、わかりました」

肩の上で固定されている僕に拒否権なんかないのだ。

教えるのはいいけど、さっさと降ろしてもらえませんかねぇ？


「と、こういったゲームになります」

「うむ。では早速やっていこう」

そう言って、公爵が仕切りだしたが、ここで僕は否《いな》を言い出す。

「今回僕はゲームから外れさせていただきますね」

「む？　そうか？」

「ええ。僕が参加しない状態でのゲームの進行を確認したいです。問題があったらゲーム内容に変更をかけないといけませんから」

「ふうむ、そういうものかの？」

「ええ。サフィーネゲームと、姫様のお名前をいただいた以上、完璧なものに仕上げなければなりませんから」

公爵閣下と一緒に遊ぶなんて勘弁してくれ。

「それもそうだな。ではダルウッド伯爵、入られよ」

「かしこまりました」

コンラートのお父さんが巻き込まれた。

さすがに大人たちが交ざると、床のキッズスペースで遊ぶというわけにはいかない。テーブルに移動だ。

僕は執事のファラッドさんの横に移り、ゲームの内容を紙にまとめることにする。

「ジルベール様、私が書きますので」

「そうですか？　じゃあシンシアもお願い」

シンシアの字は綺麗だから、僕が書いたルールを書き写してもらうことにしよう。

「ではファラッドさん、カードを全員に五枚ずつ配ってください」

「はい」

ファラッドさんはルールをもう把握しているみたいだけど、僕の言葉に従って始めてくれた。

「ふむ、これでその役にあったカードを揃えればいいのか」

「ペアの数字が大きい方がいいか」

「この手札だと……」

「むう、一度全部交換してはダメなのだろうか」

「それも問題ないよ？」

コンラートが唸っているので答えてあげる。でも全部交換するって、そんなに最初の手札が悪かったのだろうか？

「では……一人ずつ確認していった方がよさそうですね。閣下、何枚交換なさいますか？　既に役が完成しているのであれば、交換しなくても結構です」

「うむ、二枚変えよう」

「では手持ちのカードを裏側にして二枚自分の前に。ファラッドさんは裏側のまま自分のところまで引き寄せて、閣下に新しいカードを二枚渡してください」

「かしこまりました。旦那様、こちらを」

「うむ」

無駄に時間を食っている気がするけど、最初だからこのくらいがちょうどいいはずだ。

「では次は私の番ね。一枚出すわ」

「では姫様、こちらを」

すぐに流れが理解できたファラッドさんは、姫様にカードを渡した。

「次は私の番だね、三枚交換で頼む」

「こちらをどうぞ」

伯爵も交換した。

「オレは四枚だ」

「一度にまとめて変えるんだね？」

「うむ」

コンラートのカードも交換した。

「次は二巡目です。また閣下からカードを交換します。これが最後の交換になります。交換しなくても結構ですけど」

「二枚交換だ」

「お任せください」

そうして二巡目もサクサクと消化していく。

「では全員交換を終えました。閣下からカードを公開、役の提示をお願いいたします」

「ふふふ、ツーペアだ」

閣下は満足げに手札を公開した。

「姫様、お願いします」

「ええ、わたしもツーペア。でも十のツーペアがあるからお父様よりわたしの方が強いわね」

「くっ」

「ふふ」

親子同士で競い合っていらっしゃいます。

「伯爵の番です」

「ああ、私はワンペアで終わってしまったよ」

伯爵が手を公開する。

「最後はオレだな！」

「はい、コンラート君どうぞ」

「スリーカードだ！」

「なにっ!?」

「なんですって!?」

コンラート君が公開したのはスリーカード。

「コンラート君の勝ちですね」

「最初に四枚替えたうちの二枚が揃っていて一枚が星だったのだ」

「そういうときもありますね。カードはあくまでもランダムで配られますから」

「うむ、見事であるな。次は負けぬ」

「そうね。次は負けないわ」

そう言って次を催促するお偉いご家族。

まあまあ落ち着きなさいな。

「ファラッドさん、裏側のカードを公開してください」

「え？　はい」

ファラッドさんが、公爵が捨てたカードを表に返す。

「閣下、同じ数字で二つ揃えることを狙っていたようですけど、火のカードを揃えるフラッシュも狙える手札でしたね」

「ああ。迷ったのだがな。すでに一つペア揃っていたからそれを崩すのもどうかと思ったのだ」

閣下の捨てたカードと手札のカードを合わせる。

「もしフラッシュを狙っていたら、役がなくなっていましたね。いい判断だと思います」

「うむ。そうであろう？」

続いては姫様の手札だ。

「姫様はこちらのカードを残していればフルハウスになっていましたね」

「そうなのよね。　残念だわ」

「ええ。　わざとカードを残していくのも手だと思います」

「……ちょっと考えてみるわ」

「まあ結局運次第ですけど、　閣下がカードを一枚しか交換してなかったら揃わなかったですしね」

そうして僕は伯爵の手も見る。

「伯爵は、　運がなかったですね。　ワンペア以外狙えなかった状態です」

「まったくだ。　星のカードがくれればと願ったものだよ」

彼はため息交じりに、　自分の手元のカードを弄《いじ》る。

「逆にコンラート君は運が良かったね」

「ああ、　星がこなければワンペアだった。　四枚替えてよかったな」

「ちなみに一枚残したのはなんで？」

「ぬ？　火だからだ！」

「？」

「火だからだ！」

よくわからないが、　火は残したかったらしい。

「ま、　まあ今の流れも考慮したうえで、　次いってみましょうか」

全員からカードを受け取ったファラッドさんが、　再びカードの配布を始める。

役を紙に写し終わったので、　僕のカードも解禁だ。

ご婦人メンバーは僕のカードを使って、別のテーブルでポーカー――サフィーネゲームを開始した。

僕はディーラーとしてこの公爵テーブルにファラッドさんと残り、流れを眺める。

うん、コンラートよ、公爵と姫様相手にそんなに勝っちゃいけないぞ？　伯爵が頬《ほお》を引きつらせているからな？

「ではオルト子爵様、ジルベール様。今回の契約内容にてご説明をさせていただきます」

公爵の家にお泊まり三日目。お父さんと公爵、それと僕の三人がつくテーブルを挟んで反対側に商業ギルドの偉い人が来ていた。

この人めちゃくちゃ緊張しているね、偉いといっても一番偉いのは閣下だもんね。

「今回考案された商品『ジルベールカード』ならびに『ジルベールカードの手引書』の生産をオルト子爵家が主体で行い、それを販売する商会を新たに立ち上げる。その『ジルベールカード』の取引に際し、モーリアント公爵家は仲介者を置くことができる。その際にモーリアント公爵家は仲介料を取らず、さらに公爵家が管轄している領地では『ジルベールカード』の生産、販売に王国税以外の領税を適用させない。代わりにモーリアント公爵家は販売先指名権を得るものとし、カードの取引先の指名と却下を明確な理由の明記をすることにより行えるものとする。カードの取引をする際にはオルト家の商会とモーリアント家の商会の合同で行うこと。以上の内容でお間違いありませんか？」

「うむ」

「ええ、問題ありません」

商業ギルドの彼が一度読んで、簡単に説明してくれた内容に僕は驚いて目を丸くした。

「……正直なところ、この条件に驚いているのがジルベール様だけであることに、異常を感じます」

「そうであるか？　まあ破格の条件であるとは思うが」

「無税にまでなったのは、息子のおかげですね」

「左様でございますか……しかし、破格どころの騒ぎではないように思われますが」

「オルト子爵家を守るためである」

うちを守るため？

「このジルベールカードというのは、公爵閣下が直接動かねばならないほど強力な武器なのでございますか？」

この世界では『カード＝武器か魔道具』だ。商業ギルドの人が勘違いを起こしている。

「強力で、危険な代物であるな。あらかじめ取り締まり、ルール作りをせねば面倒なことになる」

「それほどでございますか」

公爵はその勘違いを訂正する気がないようだ。

「それほどのものを考案されたのがジルベール様なのですか。確かに、守らねば危険な目に遭いかねませんね」

「うむ。故に今回の契約もお前一人に話を通したのだ」

商業ギルドの彼は、次の契約書を手に取った。

「『ジルベールカード』の取り扱いに関し、王家主導のもとでルールが確立されるまではモーリアント家はその存在を可能な限り秘匿し、守護せねばならない。これもまた異常な内容ではありますが」

「過去に似た品が出回ったときの騒動が王家には伝わっておる。それをないがしろにしてはならん。王家に連なる者として、軽はずみな行動を取ることを戒めるためにも必要な文言だ」

トランプもどきってそんな騒動が起きる品だったの!?

「……詳しくは聞きませんが、改めて確認させていただきます。本当にこれらの内容で契約をしても構わないのですね？　オルト子爵家に何か弱みを握られているのではないかと勘繰る者が出るかもしれませんよ？」

「そこはうまくやる。お主が心配せんでもよいことよ」

「失礼しました。では皆さま、これらの契約書にサインと割り印を」

そう言われて、同じ内容が書かれた、魔導書の紙片よりも上質な紙に公爵、お父さんの順にサインをする。

「ジル、こちらにサインを。お前の印はこれだ」

「いつの間に作ったのさ」

「昨日のうちにだ。勝手に使うなよ？」

「……はい」

僕は言われるがまま、四枚の紙にサインをして割り印を押す。

商業ギルドの人は各三枚の契約書を僕たちに配り、一枚を大切に鞄《かばん》にしまって帰っていった。

さあ、質問タイムである。

「閣下、質問をよろしいですか？」

「なんじゃ？」

「ジル？」

僕はお父さんを無視して、まっすぐ閣下に質問をした。

「ジルベールカードは危険なものなのですか？　僕としては屋敷から出られない日々を楽しく過ごすためだけに作ったものなのですが」

「ふうむ。なるほど、あのカードを考案しただけあって、子供の割に賢いようだ」

「恐れ入ります」

一般的な子供のことは知らないけど、コンラートやサフィーネ姫様を見て、僕くらいの歳の子供でも多少賢くても問題ないだろうと思ってはいた。

しっかりしているのは、王族や上位の貴族と会ったときに失敗をしないようにするため、僕のように家庭教師をあてがわれているからだろう。

「王家に伝わる古い言い伝えの一つじゃ。お主の父には既に話したが、外で話すのではないぞ？」

「お約束いたします」

王家が関わる？　どんな話なのだろうか。

「軍盤が世界に広まったときの話じゃ。それまでは人々は娯楽というものをほとんど知らなかった。闘技場で人や魔物の戦いを見たり、ダンスやパーティ、それと花や音楽を愛《め》でるくらいしかなかった時代に、軍盤がもたらされた」

「軍盤ですか」

「当時画期的であった、卓上でのゲームに人々は酔いしれた。貴族たちは仕事もせずに軍盤に熱中し、互いに競い合った」

「仕事もせずに……」

クレンディル先生も時々時間を忘れて軍盤をやって、ご飯を抜きにされてたっけか。

「さらに高額の道具も多く作られた。黄金に輝く駒や、白銀で作られた駒、宝石などが仕込まれた駒の誕生じゃな」

「貴族同士だと自慢合戦が始まりそうですね」

「それだけで済めばよかったんじゃがなぁ」

済まなかったらしい雰囲気を感じます。

「駒を賭けの対象にしたところから始まり、駒を秘密裏に盗もうとする輩《やから》、強盗、暗殺など」

「うわぁ」

思ったよりも殺伐としていた。

「平民の駒職人がさらわれたり、貴族のお抱えの駒職人が腕を折られたり殺されたり」

「ひぃっ」

思わずお父さんにしがみつく。

「それに単純に賭けなども問題があった。軍盤で金を賭けるのがの。少額であれば問題なかったが、高額レートで行って金が払えず、領地で重税を課し始める者や、娘や妻を手放してでも……」

「閣下、そろそろ」

「む、そうだな。子供に聞かせる話でもないか」

そうね。

「なんというか、人の醜い面を全部教えられている気分になりますね」

僕の言葉に公爵がうんうんと頷いている。

「軍盤には盤外ルールが多いのは知っているな？　軍駒の生産は許可制だし、国が主催する大会を除いた場で金貨十枚以上のお金を動かしてはいけない、軍盤の駒を賭けてはならない、中古の軍盤は指定されている商会以外で取り扱ってはならない」

お父さんが軍盤に関する取り決めの一部を語った。

「うん。クレンディル先生に教えてもらった。結構厳しく取り締まってるなぁって思ってたんだ」

偽物とかの話になって首を捻ったのだ。だって木片があれば知識と手先の器用さがあれば誰でも作れそうなんだもの。

「そうだ。そしてこれらのルールは軍盤を巡って暴走する貴族や裕福な人間に向けて発せられた王家主体の法だ。ジルベールカードにも同様の措置が必要になると思われる。ジルベールカードを広めるにあたって、過去の過ちを繰り返してはならないんだ」

「王家に伝わっている過去の失敗を、兄上の息子――陛下にさせてはならないのだ。最低でも一年の準備期間を設ける。場合によっては契約の延長で二年目も三年目も、な。そのための契約だ。だがいざ準備ができたとして、ジルベールカードが用意できなければ意味がない」

「あ、つまりモーリアント公爵家が指定する販売先って、モーリアント公爵家と王家だけですか？」

「その通り。やはり聡《さと》いな。金のある俺たちで先に購入し、保管しておく。理解と良識のある人間や味方にしておきたい人間に先に渡し、ルールが確定したら一気に販路を拡大させるつもりだ」

「なるほど……でもあれですよね。流行しなければ意味が」

「絶対流行《はや》るから問題ないな」

「流行らなければ流行らせるだけである」

ま、まあ地球全域に広まっているゲームだ。たぶん流行るだろう。

じゃあ今のうちにカードの属性のイラストを数字と同じ数にする案も話しておこうかな。

いざいっぱい作るってときに、今までと違うカードだと混乱を生むかもしれないからね。

「はい、これであがりね」

「まいりました」

「またオレが最下位ではないかっ」

交易都市イーリャッハを出発して、子供たちだけで馬車に乗っている僕ら。

まあ執事兼お世話係のファラッドさんもいるけど。

イーリャッハを出発する直前までは、いよいよ王都に向けてのイベント発生かと身構えていた。

だが公爵のお屋敷から外へ出た瞬間にその心配は綺麗に霧散した。

ここまで来たときの三倍以上の数の騎士が護衛についていたからだ。街中を進む姿はもはや大名行列である。

その真ん中で手厚く保護された馬車に乗る僕の警戒心なんぞ、毛ほどの役にも立たない。

これまでと違い、魔物の発見報告すら聞かなくなったほどだ。

おかげで僕は油断しまくりのただのお子様である。

「黒星ばかりでは退屈だわ」

「またサフィーネゲームに戻します？」

「それもいいけど、さすがにねぇ」

馬車で移動中なので、カードを広げるゲームができない。やれることといえばババ抜きジジ抜きポーカーくらいだ。

他にもゲームはあるけど、新作ゲームの案はとっておけとお父さんとお母さんに比較的太めの釘《くぎ》を刺されてしまったので提案できない。

「では少しお話をしませんか？」

「お話？　何かしら？」

僕は一度トランプもどき自体をやめることを提案する。

「姫様もコンラート君も、今までお屋敷の敷地から外には出られなかったんですよね？」

「ええ」

「そうだな」

「僕もです。暇じゃありませんでした？」

「暇だったわ。もっと早くジルベールカードを持ってきてくれればよかったのに」

「オレは、そうでもなかったかな？　でもジルベールカードはうちにも欲しいぞ」

そういう催促は僕ではなくお父さんに言ってください。

「僕はカードがあっても暇でしたし。普段はどうやって過ごしてました？」

みんなはどうやって時間をつぶしていたのだろうか？　気になるところだ。

「わたしはお母様とお茶会をしたり、お部屋で本を読んだり、お庭をお散歩したりしていたわ」

「姫様のお屋敷は中庭が広いし立派でしたね。うちはあそこまで広くないので羨《うらや》ましいです」

貴族の家が広いのは子供を飽きさせないようにするためっていう理由があるのかもしれない。

あんな大きな街にある公爵家の屋敷が、めちゃくちゃ広かったもん。公園かよ。

「小さな頃は退屈を感じていたが、ここのところはお勉強と鍛錬ばかりだ。夕方になってようやく父上や母上との時間が取れたくらいだったかな」

伯爵家は教育熱心なようだ。でもこれはコンラートが跡継ぎだからかもしれない。

「あら、わたしも午前中はお勉強よ？　鍛錬はなかったけど」

「僕も午前中がお勉強で、午後は空いてた」

「なぬ？　どこの家でも鍛錬をしていると父上に聞いたぞ!?」

「それって、コンラートが跡継ぎだからじゃないかしら？」

「お兄ちゃんは鍛錬してたって聞いたけど、お兄ちゃんの鍛錬を担当していた騎士がお兄ちゃんに付いて王都に行っちゃったから、僕の鍛錬を見る人がいないってお父さんに聞いたよ」

　子爵家は伯爵家や公爵家よりも人手が不足しているのだ。

「それは、なんというか」

「鍛錬など一人でもできるだろう？　オレは今日もお庭で剣を振ったぞ？」

「子爵家の、それもジルベール様は次男でございますから。仕方のないことかと思われます」

　沈黙を守っていたファラッドさんが急に発言をしたので、僕たちの視線が彼に集まる。

「私は男爵の家の者です。父は仕事があり、代わりに母に鍛錬を見てもらいましたが、別の方に師事をしたことはありません。礼儀作法の家庭教師は付きましたけど」

「ファラッドさんも、うちと同じような感じだったんですね。僕のお母さんは神官系のＪＯＢと聞いていたので、僕の鍛錬には付き合えなさそうです」

　僕の言葉に彼はゆっくりと頷いた。

「私もこの歳になって初めて気づいたのですが、皆さんくらいの年齢の子供の面倒を頼めるような信用できる部下や知り合いはそうはいません。オルト家はアーカム様の代で興された新しい家ですからなおのこと、長男であるミドラード様を優先するのは仕方ないことだと思います」

「なるほど。ちゃんと考えると、理由もわかってくるね」

「領地持ちの貴族といえども、信用できる人材というのはなかなか手に入らないのでしょう。私も心から信用できる者は、代々仕えてきてくれている家来たちと、貴族院で知り合った友人数名くらいですから。だからこそ貴族院で心から信頼できる友人を作れたのは、私にとって財産なんです」

そう言ったファラッドさんはどこか誇らしげだった。

「ねえ、貴族院のこと、教えてもらえないかしら？」

「あ、聞きたいです」

「オレもだ！　興味があるぞ」

僕たちの暇つぶしの矛先は、ファラッドさんへと向かった。

ファラッドさんは苦笑しながらも、貴族院での授業や面白かった出来事、変な先生の話なんかを色々と教えてくれた。

意外と話し上手だったファラッドさんの話は、夕方まで続いてそのまま野営。

たわいもない話やトランプもどきを続け、時には眠くなってスヤスヤ眠って姫様に蹴られて起こされたりし、とうとう王都が見えてきた……らしい。僕の席から王都は見えない。

貴族としてのお披露目のため、王都に来た。

今回のゲームでは今までの部分ははしょられていて、ストーリーのスタート地点がここなのかもしれない。

危険な目になんか遭いたくないし、痛いのもごめんだ。

ゲームの主人公や、キャラクターに転生したであろう僕は油断できないのである。

それとサフィーネ姫様がヒロインかもしれない。こんなに可愛いんだもの。

でもお子様相手にときめいたりはしないですけど。

彼女との出会いがイベントで、もう出会いイベントは終わりましたとかだったらいいのになぁ。

わたしの名前が付いたゲームなのよ！　すごいことだわ！

貴族として生まれた者は、いつか自分の名前が人々の記憶に残るような偉業を成さないといけない。そう教えられ育てられたわたしは感動をしてしまったわ。

だって世界で初めてジルベールカードで新しい遊びをやったんだもの！　これを偉業と言わずになんと呼べばいいのかしら！

「ふふふ」

寝間着姿でベッドの上を転がり、わたしは笑ってしまったわ。

新しい音楽の曲には作者の名前が付けられる、これと同じようなことをやったのよ！　これってとってもすごいことなのよ！

「……でも一番すごいのはジルベールなのよね。ジルベールカードを一人で作って、その中にいくつも遊びを組み込んでいるんだもの」

わたしと同じくお披露目を迎えた、わたしよりも小さな男の子。年下の男の子って初めて見たわ。わたしより小さいのにわたしにできないことをした不思議な子。

コンラートと共に会ったときは緊張したわ。でもそれ以上に感動だったの。

お屋敷の中でしか生活できないわたしに、新たな娯楽を用意してくれた子。

女の子かなと思わずにはいられない可愛《かわい》らしい顔に、大人しくもしっかりと言葉をしゃべる姿。

でもちょっと負けず嫌いみたい。

大人と話しているのではないかしら？　そう思える気遣いも感じるの。

やっぱりあんなゲームを作れるような子は普通とは違う何かを持っているのかもしれないわね。

だって普通じゃないんだもの。

「何に気をつければいいのかしら」

彼らと会う前にお父様とお母様から、一緒に遊んだうえで、ジルベールへの発言は気をつけなさいと言われたわ。

そしてジルベールの発言はできるだけ覚えていなさい、とも。

ファラッドも付けるからと、普段はお父様の仕事の手伝いをする執事まで付けられたし、屋敷内で働く侍女も普段より多く付けられたわ。

彼は何か問題があるのかしら？　あんなに面白い遊びを考えられる子なのに。

「新しい遊びも教えてもらえたし、完璧だったわよね？」

ベッドのそばで控えている侍女のニーナに問いかけると、彼女は苦笑いだ。

「どのゲームが面白かったですか？」

「七並べが面白かったわ！　それと数字合わせもなかなか手ごわかったわね」

数字合わせの時のジルベールは少し意地悪だったわ。コンラートがわたしの次だったというのも問題だったわね。

「あんな攻略法があるのね」

順番によって勝敗が左右されるとは思わなかった。たまたま連続でめくられてないカードを当てなければ、まったく勝てなかったかもしれない。

「サフィーネゲームが一番楽しかったわ！」

あれは四人でやるより、三人の方がカードが回って面白いかもとジルベールは言っていた。

強い役をつくるには、カードが多く残る方が高い役を揃《そろ》えられるとも。よくわからないけど、強い役が作りやすいならそっちの方がいいわ。

「ジルベール、字が書けていたわね」

そこはちょっと悔しかった。わたしも文字の勉強をしていたけど、知らない単語が多くて一人ではあまり長い文は書けない。

お父様とお母様に、お勉強の報告として短い文のお手紙を書くことができる程度だ。

うん、結構悔しいわ。聞けばジルベールはわたしよりも二歳も年下なんだもの、年下の男の子に負けるって考えるとかなり悔しい。

ファラッドとジルベール、それとジルベールの侍女が並んで紙に色々と書き込んでいる様は、まるでお仕事をしているお父様のようだった。

わたしもあれくらいできるようにならないといけないわ。ジルベールができるんだもの。

「コンラート様とジルベール様以外で、印象に残られた方はいらっしゃいましたか？」

「オルト子爵の奥様。綺麗《きれい》な方だったわ」

ジルベールのお父様、オルト子爵は騎士としてもとても強い方と聞いたわ。でもわたしのお父様の方が大きくて強そう。

奥様のミレニア様は、燃えるような赤い髪で遠くから見たときは目の鋭い、少し怖そうなイメージだった。

でも実際にご挨拶をしたときの優しそうな瞳と、穏やかな表情がとても美しいと思った。

お母様よりもお若いからかもしれないけど。

「左様でございますか」

「魔法が使える方なのよね？」

「そう伺っております。王都の男爵家の血筋だとお聞きしました」

「あの方もお強いのかしら？」

戦いの場で剣を振るう様子が、とても想像できないわ。

「伯爵家出身のオルト子爵の妻に選ばれるほどですから、何か特別なお力はあると思います」

「それもそう……なのかしら？」

よくわからないわ。

「明日以降も、しばらくダルウッド家とオルト家の方々とご一緒なさいますから、奥様方をお誘いして女性だけのお茶会などもご準備されてはいかがですか？」

「面白そうね！　ジルベールやコンラートの話も聞けそうだわ！」

「楽しみができましたね。そろそろお話は終わりにして、おやすみくださいませ」

「ええ……もうちょっと」

「ふふ、お寝坊したら皆さんと遊んだりお話ししたりできなくなりますよ？」

「そ、それはイヤだわ」

ニーナの言葉に、わたしはお布団にもぐることにする。明日も明後日も遊べるのは嬉《うれ》しいわ。

初対面の交流では粗相のないように、そう言われたけど、子供同士のお披露目ってとっても楽しいものだったわ。

ようやくの王都

王都に到着した僕たちは、公爵家と伯爵家の方々と別れて、改めて移動をする。

これから向かうのはお父さんの実家らしい。

窓の外の風景が、にぎわった街並みから落ち着いた雰囲気に変わったあたりで馬車の速度が緩む。

城下町というべき王都は通りも大きく、馬車が往来していても問題がない幅が確保されていた。

とはいうもののお城は見えない。

お城は王都の近くにあるとのことで、王都の中にはないらしい。

おかげでお城の姿は他の建物で隠れており、たまに遠くに塔のようなものが見える程度だ。行きたいと思うわけじゃないけど、見たかったのに残念である。

お城に思いを馳《は》せているうちに目的地に到着して、馬車から降りようとするとお出迎えの人たちがいっぱい視界に入った。

「父さん！　母さん！　ジル！」

「ミドラード、息災であったか」

「お出迎えかしら？　ご苦労さま」

「お兄ちゃんだ。久しぶり」

お兄ちゃん、しばらく見ないうちにまたでかくなった。

お父さん譲りの金髪碧眼《へきがん》のイケメンさんだ。背も高い。

そんなお兄ちゃんが、馬車の扉の前に立っていた僕の脇に手を入れて抱き上げてくれた。

「久しぶりだなぁ！　お前、全然大きくなってないんじゃないか？」

「お兄ちゃんがさらに大きくなったからだよ！　僕だって伸びてるんだよ？」

去年着てた服が入らなくなったんだぞ！

「そっかぁ！　相変わらず可愛《かわい》いなぁ！」

「にぎゃー！」

イケメンさんとはいえ男の頬《ほお》ずりなんか嬉《うれ》しくない。

「ミドラ、邪魔だ」

「あ、ごめん父さん」

「あなた、邪魔はないでしょう？　ミドラちゃんだってジルちゃんに会いたかったんだもの」

馬車の中から顔を出した両親に道を空けつつ、お兄ちゃんは僕を地面に降ろしてくれた。

そしてお父さんが降りてから、お父さんに目配せをするとお母さんに手を差し出した。

「あらあら、すっかり紳士になっちゃって」

「もう騎士になりましたので」

エスコートされてまんざらでもないお母さん。馬車から降りるとそのままお兄ちゃんに軽くハグをした。

「久しぶりね、ミドラちゃん。元気だった？」

「はい、再会を嬉しく思います」

「ミドラ、久しぶりだ」

お兄ちゃんはお母さんに解放されると、すぐにお父さんに向き合う。

「父さんも久しぶり。また逞《たくま》しくなったんじゃないか？」

「息子には負けられんからな」

「頼むからあまり鍛えないでほしいな。いい加減に一本取りたい」

「そうか」

不敵に笑うお父さん。これはまだまだ譲らないぞとの意思表明のようだ。

「父上、母上。お久しぶりです」

そんなお父さんは、お兄ちゃんとの挨拶もそこそこに迎えに出ていた老夫婦に顔を向ける。

「久しぶり、じゃないわっ！　このバカ息子が」

「いだだだだだ！」

いきなりアイアンクローくらってますけど!?

「アーカム、あなたにはお説教をせねばなりません」

「父上、母上。子供の前なので……」

「知るか」

「まあまあ、あなたがジルベールね？　ミレニアに似て可愛らしいわ」

矛先がこっちに向いてきたっ！

「ジルちゃん、お祖母《ばあ》様にご挨拶を」

あ、そうですね！

「おばあさま、ジルベール＝オルトと申し……」

悲しそうな表情をされた。自分の挨拶はこれじゃないと察した僕は偉いと思う。

「ジルベールだよ！　おばあちゃん！」

「まあジルベール！　可愛らしいご挨拶をありがとう。ウェンディおばあちゃんですよ」

「はい！　ウェンディおばあちゃん！」

「ジルベール、可愛いわ」

ぎゅっと抱きしめられる僕。うん、正解だったらしい。

「あの、父上、そろそろ放してください。力を込めながらジルの顔をデレデレと眺められるのは気持ち悪いです」

「誰が気持ち悪いって？」

「あーだだだだだだ！」

お父さんがやられっぱなしだ！　これはここでしか見られない姿だ！

「ま、続きは中で話すか。ジルベールや、お主の祖父のローランドだ」

「はい、えっと……ジルベール、ですけど」

なんと呼べばいいの？　おじいちゃん？　おじいさま？　おじいさん？

「……ウェンディのように、おじいちゃんでいい」

「はい！　初めまして！　おじいちゃん！」

お父さんの実家、エルベリン伯爵家に到着した僕は温かく迎えられた。

僕を誰のお膝の上に乗せるか。その権利を笑顔のおばあちゃんがあっさりともぎ取って、家族全員でテーブルを囲む。

「おばあちゃん、重くない？」

「大丈夫ですよ」

僕が顔を上げて覗《のぞ》き込むと、問題ないと笑顔が返ってきた。

「さて、説教の件だがな」

「父上、いきなりその話ですか」

「いきなりその話だ。子供たちの前ならばお前も逃げられぬだろう？」

テーブルをトントンと叩《たた》き、おじいちゃんがお父さんを睨《にら》みつける。

「青い鬣《たてがみ》の連中を動かしたそうだな。職業の書を使ったな？」

「我が領にてダンジョンが見つかりました。しかもそこから魔物が溢《あふ》れ出ていたため、領民を守るためです」

お父さんの顔つきが施政者のそれに変わる。

「領民を守るためと言ったな？　ではお主は息子を守る気はなかったのだな？」

「いえ、それは」

あ、職業の書の件ですか。

「言い訳は無用だ！　ジルベールの未来をなんだと思っている！」

「ジルベールの未来を考えての結論です。職業の書は貴重ですが、人の命には代えられない」

「ほお、私の可愛い孫の未来を考えてだと？　どの口が言うか！」

「あの、お義父《とう》様、その件でしたら……」

「ミレニア、お主もなぜ反対しなかった。職業の書を使って領民を救う、それは構わぬ。だがその後はどうした？　職業の書について文《ふみ》の一つもこちらに寄こさぬとはどういうことだ？」

「ち、父上に迷惑をかけるわけには」

「そこがバカだと言っているのだ！　このバカ息子がっ！　職業の書で領民が守れる？　結構なことじゃ！　その決断を下せぬ領主はごまんといる！　それはいい！　じゃがその後はどうした！　孫のために手配をした私に報告もなく、補充の相談もなく、そのままなのはどういう了見だと聞いておるのだ！」

うわぁ、おじいちゃんも説教慣れしてそうだなぁ。あれ？　でももう頼るなみたいなことをお父さんに言ってたんじゃ？

「アーカム、何年この人の息子をしているのかしら。いい加減に学びなさいな」

「母上……」

ふん、と鼻息を吹くおじいちゃんが腕を組んでお父さんを睨む。

おばあちゃんは僕の頭を撫《な》でながら、お父さんに声をかけた。

「あなたはもう領主よ。そしてこの人はあなたの父でもあるけど、後見人の一人。貴族として、後見人よりいただいたものをどう使ったか、報告の義務があるのではないかしら？」

「そ、それは」

「こんな可愛いジルベールのためになら、この人は職業の書の十冊や二十冊、集めるわよ？　この人が怒っているのは、あなたが、貴族として、子爵として、伯爵家に対しての義務を怠っているからです」

「それは、確かに……」

「アーカム、この人はね？　領主になって独立ができたあなたを認めているんです。そして後見人として、最大限の協力をしたがっているのですよ？　それなのにあなたが父親だからと遠慮をしてどうするのです？　後見人の力を利用するなんて、土地を持たない一代限りの騎士爵でもしていることですよ？」

「母上……母上の言う通りです」

「ふふ。さて、あとは男同士のつまらないお話ね？　ミレニア、ミドラード、いらっしゃいな。向こうでお茶をしましょう」

「なっ、おい！」

おばあちゃんは僕を抱っこの姿勢に変えて立ち上がった。

「アーカム、あとは頑張りなさい？」

「はい、ありがとうございました。母上」

「さあさあ、二人とも付いてらっしゃいな」

「はい、お義母《かあ》様」

「おじいちゃん、お父さん、頑張ってね」

僕は抱っこされたまま、向かい合って座る二人に視線を向ける。

お父さん、そんな覚悟を決めた男の目をしなくても、おじいちゃんは許してくれそうだよ？　だって僕が手を振るとデレデレした顔になるんだもん。

「まあ、お手柄でしたね？　ジルベール」

「父さんと母さんの喧嘩《けんか》を止めたのか。よくやったな、ジル」

「ほんと、立派な息子に育ってくれましたわ」

褒められまくって恥ずかしい限りである。

僕が職業の書を隠し持っていて、それをお父さんとお母さんに出したときの話を色々と美化して盛り込んで、ストーリー仕立てで面白恥ずかしくお母さんが話しているからだ。

「しかし、この歳で職業持ちか」

「そうね。でも今まで問題はないのでしょう？」

「はい、ジルちゃんはしっかりした自制心を持っており、私たち以外の人の目があるときには魔法を使いませんでした……一人で隠れて使ってそうですけど」

「ソ、ソンナコトナイシ」

ばれてるー、これ絶対ばれてるー。

「それはそれで困るわねぇ。少し早めに職業の書を使う家もあるけれど、うちは騎士の家系だもの。戦士の書ならまだしも、魔術師の書では説得力に欠けるかしら？　今後は家の外の人間との交流も増えてくるでしょう」

「あの人とも話してはいるんですけど。この子、水と土の才能があるみたいなんですの。だからそれを知った私が子供のために使ったということにしようかと思ってまして」

「あれ？　早めに使ってもよかったの？」

なんか職業の書を早めに使う子供もいるみたいな感じじゃない？

「あまり一般的な話ではないが、貴族院に入学するよりも二、三年前に才能がわかり職業の書を使われる子供がいるのは間違いないな。でもそれは親が判断して使うものであって、勝手に使うものではないぞ？」

コツン、とお兄ちゃんから僕にチョップが振り下ろされる。地味に痛いよ。

「むー」

「水と土ね……確かに二属性持ちは珍しいけど、どうやってそれを知ったことにするのかしら。人の得意属性なんて調べられるものではないでしょう？」

「そうなんですよね。水はともかく土なんて滅多に聞かないですし」

「そうなんだ？」

意外である。『ユージンの奇跡』では、主人公の仲間のガトムズが空間と火の属性を最初から使えたし、ゲームの進行中に一時的に仲間になるサブキャラクターたちの中にも風や土なんかを使えるキャラが多くいたし。

「魔術師から魔法使い、賢者を目指すのであれば有利だし、いいのではないでしょうか」

「そこは問題じゃないのよ」

「そうね。それにこんな小さな子が職を持っているのが人に広まったら危険よ？」

「あー、やっかみを受けそうだよね。お父さんたちの話だと、貴族家の子供でも職業の書を与えられない人がいるみたいだし」

お前は親のコネで職業を得たんだー、って。努力して大枚をはたいて職業の書を購入したり、それを目指していたりする皆様から妬《ねた》みの視線を独占しそうだ。

「むう、長男だったらその辺は躱《かわ》せたかもしれないのにな」

「長男はお兄ちゃんだもんね」

僕は正式な跡取りではない。こう言っちゃなんだけど、お兄ちゃんの予備だ。

「何にしても、貴族院が始まるまでは隠すしかないのではないでしょうか。ジルはお披露目が終わったら領に戻るんですし」

「何事もなければそれでいいんですけど」

お母さんが心配そうな顔でこちらを見る。

確かに。お母さんは純粋に心配をしているだけだと思うけど、僕という存在はゲームの主人公か登場キャラクターである可能性が非常に高い。

この王都で何かしらトラブルに巻き込まれることは充分にありえる。

何が起こるかわからない以上、魔法を使わなければいけない状況にならないとはいえない。それが人目があるところで起きる可能性もあるから、油断はできない。

「そのことなんだがな」

「あ、おじいちゃん」

疲れた顔のお父さんを連れたおじいちゃんがやってきた。

「職業の書を使っていないが、魔法が使える人間もいる。そういうことにしておけばよい」

「あれ？　結構簡単なことじゃ……？」

「ジル、そういう人間は非常に少ないんだよ」

「そうなんだ？」

「ああ。属性の才能に恵まれた人間のごく一部に、そういった人間がいるんだ。お前はそういうタイプの人間だったから、我々は早急に魔術師の書をお前に与えた……そういうことにしておけばいいと父上とも話がついた」

「ちなみにそういった人間って、どれくらいいるの？」

「私が知る限り、二十人くらいかの」

「すくなっ！」

おじいちゃんが知っている中で二十人かよ。

「そのうち五人は英雄譚《たん》に登場する人物だな」

「ガトムズとかの話ですよねソレ」

「ガトムズ様、だ」

兄チョップ再び。痛いよー。

「いなくはない、が非常に稀《まれ》だ。お前の話を聞いたが『ジルベールカード』の件もあるし、自分を守れる力を持っているのは悪いことではない」

「あー、あれも大ごとになってるっぽいよね」

そんなことを言いつつ、おじいちゃんが僕を抱え上げてお膝に乗せて僕の席に座る。

お母さんやおばあちゃんと違ってゴツゴツしてて座り心地が悪い。

「公表するような話ではないが、隠す必要もなかろう。やっかみを受けても周りの大人で守ってやればよい。こんな子供にコソコソさせるような真似をさせるのはどうかと思うしな。この子はこの子の自由にさせた方が何かとよさそうだ」

おじいちゃんの言葉に周りが頷《うなず》く。

「ただ魔法を自由に使うのは大人が近くにいるときだけだぞ？」

「はぁい」

返事だけはしておこう。

「じるべーるかーど？　って？」

あ、お兄ちゃんは知らないのか。

「あとで一緒に遊びましょうね」

お母さんはのほほん組だ。

「職業の書の発見はよくやった。ここのところ冒険者ギルドに取られることが多くてあまり職業の書がこちらに回らなくてな」

「実際に戦う人が使うのはいいことじゃないの？」

貴族ってあんまり戦わないでしょ？

「冒険者が——平民が貴族より強くなるのはあまり好ましくない」

「父上の言う通りだな。昔は冒険者にもっと流すべきだと思っていたが、領を統治し始めてからは何冊あっても足りないと正直思っている」

貴族的な考えかな？　まあ確かに反乱とか起こされても困るだろうしね。

「と、いうわけで今日からお前は魔術師だ。どれ、庭で魔法を使ってみせよ」

「雑な感じだね！　おじいちゃん！」

「身構えてもしかたあるまい」

「ちょ、ドアくぐるときは低くしてよ。ぶつかるぶつかる」

「おぉすまん」

おじいちゃんに肩車される僕が現れたぜ。ちなみにモーリアント公爵は首が太すぎて肩車にならなかった。

「ここは庭も広いね」

「貴族の家では子供を外になかなか出せぬでな。運動できるように広めに取っておるのだ。子供が成人したら花や木々で飾ればよいしな」

今はお兄ちゃんがいるからその訓練のためにスペースを空けているらしい。

「水が出せるのだな。出してみるがいい」

「えっと」

僕がお父さんに顔を向けると、苦笑いをしている。

「いいよ、ジル」

「うん！」

「アーカムとの約束ね？　確認をするなんて偉いわ」

「うちの自慢の息子ですもの」

女性陣は何をしても褒めてくれるから好きだ。

「降りるー」

「そうだったな」

そのまま使わせる気だったの？　頭が水でビシャビシャになっちゃってたかもしれないのに。

「じゃあまず水の球《たま》ー」

僕は自分の顔くらいの水球をポポポンといくつも生み出して宙を回す。

お母さんが手元で指を回すのより、このくらいの大きさの方が制御がしやすい。

「うわっ！　すごいなジル！」

「？　お兄ちゃんは学校で見慣れてるんじゃないの？」

「がっこう？」

「あ、貴族院で」

間違えた。

「魔術師は授業が別なんだ。合同授業で見ることはあるけど、攻撃魔法や回復魔法だからな」

「そっか、目的もなく水の球を出してクルクル回したりしないよね」

「お上手ねぇ。光が当たって幻想的だわ」

おばあちゃんの言う通り、丸い水の球が浮いているだけで神秘的な光景だ。

「形は変えられるか？」

「うん」

水の形を変えて大きさを整えて、ドレス姿のお母さんの姿にする。さすがに等身大にするのはきついので、一抱えできるくらいの大きさだ。お母さんができたら、次は同じくおめかししたお父さんだ。

「……すごいな」

「うちの子は天才だわぁ」

「ジル、いつの間にここまでできるように？　隠れて練習していたな？」

「えへへ」

　水を制御して、二人がダンスしている様を再現する。

「ほお、優雅なものだ。魔術師はこのようなこともできるのだな」

「いえ、私もここまでは……やはり属性の素質がすごいのでしょうね。私よりも」

「ミレニアよりもか！　素晴らしい！」

　お母さんがおじいちゃんに説明している。

「私もこんな魔法の使い方を見るのは初めてだ」

「むむむむ」

　集中集中。

　最後に二人でお互いに礼をさせて、水を徐々に薄めていって消す。

　ただ制御をなくすと地面に水が落ちるだけだから、こうして空気に溶け込ませるように魔力を霧散させると綺麗《きれい》に消せるのだ。

「ふう」

「とんでもない子ねぇ」

「そもそも水の形をこんなに複雑に作るのが私には……水よ在れ、その姿を変えよ」

　お母さんも挑戦しているけど、大きな水の塊が躍動しているだけにしかなっていない。

「お母さん、前にウサギさんとかにして動かした人がいるって言ってなかった？」

　それを聞いて練習したのだ。

「そうねぇ、でもいきなりは無理かしら。このくらいなら私もできるけど」

大きな水の塊の形を徐々に変えていき、なんとなく四本足の犬？　みたいな雰囲気のものをお母さんが生み出した。

そしてそれを走らせるように動かすが、どちらかといえば浮かんだ水がバタバタ動いている感じで、生き物が走っている様子かと聞かれると首を傾《かし》げるしかない。

どうにも僕がやったのは高難易度な魔法らしい。なんとなく想像だけでできちゃったんだけど。

「子供ならではの発想ね。お父さんとお母さんをいつも見ているからかしら。ジルベールはお父さんとお母さんが好きなのね？」

「えっと、うん」

おばあちゃんに言われて、僕は恥ずかしくなりながらも答えた。

「まあまあ可愛らしいわ！」

「ジルちゃん、素敵よ？」

おばあちゃんとお母さんに抱きつかれる僕がいた。


「王都にいる間はこちらのお部屋をお使いください」

「うん。ありがとう」

シンシアと一緒に通されたのは大きなお部屋。うちの僕の部屋の倍くらい広い。

「私の部屋は向かいの使用人室ですので、何かご用がありましたらそちらにお願いしますね？」

「わかった」

既に荷物が片付けられていたのだろう。部屋に備え付けられたクローゼットから服を取り出して、僕の着替えを用意するシンシア。

「ちょっと休憩」

「ではこちらにお着替えください。お外用の服が皺《しわ》になってしまいますよ？」

ぽふん、と質のいいベッドに転がった僕にシンシアが部屋着を差し出した。

「転がる前に出してくれればいいのに」

「いきなりベッドに飛び込むとは思いませんでしたので。今は私しかおりませんから構いませんが、こちらの使用人がいるときにはお気をつけくださいね？」

「気にしないとダメな感じ？」

「こちらは旦那様の本家に当たりますから大丈夫だと思いますけど、お招きされたお屋敷ではそのような行動を取ってはいけません」

意外と厳しい。シンシアも普段と違ってお父さんのことを旦那様呼びだし気をつけているんだろう。

「お披露目が控えております、ある程度礼節をわきまえる必要がございますから」

「むう」

お披露目を終えたらある程度自由に動けるようになると思ったが、あまり子供みたいな行動を起こすのは問題になるのかもしれない。

「わかった。気をつける」

「ええ、よろしくお願いします……だから起きてください」

「はぁい」

気をつけると言いながらも寝そべっているのは当然ダメである。

「部屋着に着替えましたら、くつろいでいただいて構いませんから」

服装の問題らしい。

「ん、着替える」

シンシアからもらった部屋着に素早く着替えて、着ていた服をシンシアに渡す。

「皺を伸ばしてまいりますね」

僕から受け取った服をシンシアは部屋の外に持っていく。服の皺を伸ばすのにも、いちいち部屋を変えないといけないらしい。面倒そうである。

「……何事もなく、王都に到着したけど」

魔物の襲撃や、盗賊などからの襲撃も何もなかった。閣下たちとの移動で閣下の政敵な感じの人たちからの襲撃とか、そういうのも考えてたんだけど。

「ヒロイン候補も無事っと」

ストーリーが始まったなら真っ先に誘拐されそうなサフィーネ姫様も無事である。つまりまだストーリーが始まっていない、ということなのか？

ぬう、自分が主人公であれば姫様が誘拐されてそれを助けに行く、的な感じの話の流れも想定していたというのに。

つまりアレか？　僕は主人公ではなく、主人公のお仲間ポジか？

自分の知らないところでストーリーが展開しているかもしれないが、そういった情報は僕のところには入ってこない。たかだか四歳児の耳に世界の情勢などは届かないのである。

「やっぱりまだまだ油断できない」

無事に王都に着いたという道中など、ゲームの中では省かれてもおかしくない部分だ。

逆を言えば、これから本格的にゲーム開始のイベントが始まる可能性が非常に高い。

王都という人口の多い地点は、そういったイベントにつながる場所がいくらでもありそうなのである。

僕はこの街で起きるであろうイベントに備えて、体を休ませるのであった。

番外編　ダンジョン、見つけた！

僕の朝はそれなりに早い。というか、この世界の人が朝が早いのだけど。とにかく、早い。

なんといっても日が昇ったら目覚める、日が沈んだら寝る、というのが一般的だからだ。日本のようにそこらじゅうに街灯があるわけでもなく、灯《あか》りをともすのはロウソクや光を放つ魔道具の仕事。ロウソクは消耗品であり、魔道具もすべての部屋にあるわけではないので、必然的に子供の僕は寝るのが早くなるのだ。

しかし今日は寝ない。チュートリアルダンジョンにこっそりも行かない。

それはとある本を見つけたからだ。

「ダンジョン……それもゲームでは登場していなかったダンジョンだ」

『ユージンの奇跡』の中に登場したダンジョンはあまり多くはない。洞窟型のダンジョン、魔王軍のお城型のダンジョン。山が丸々ダンジョン扱いだったり、ランダムで森の中に出現する図書館がダンジョンだったりもしたが、数が多いというわけではない。

「普通にフィールド内がダンジョンみたいなもんだけどね」

ゲーム内ではフィールドで普通に魔物にエンカウントする。序盤は少なく、物語の中盤から後半にかけてはそれなりに高いエンカウント率であった。

もちろんダンジョンではなく、通常のフィールドなので宝箱などはない。面倒なので魔物と遭遇しにくくなるアイテムがあったりしたし。

「知らないダンジョン、すごい気になる」

そう、うちのお屋敷にある大量の本の中にダンジョンに関する本があったのだ。しかもそれなりにご近所っぽい場所。さらに言うと近くに村まであるという。

「行きたいなー」

僕の知らないダンジョンとなると、続編が出るにあたり新たに出現したダンジョンだろう。ダンジョンって増えるものなんだね。

普通にクリアしたゲームとはいえ、隠しダンジョンなんかの情報は僕も持っている。かなり昔にやったゲームだけど、ネット環境が対応しているような時代のゲームでもなかったのでアップデートがあったなんてこともありえない。

つまり、続編的なストーリーに新しく登場する予定のダンジョンの可能性が高い。

「ゲーム内で足を運ぶ可能性のあるダンジョンなら、先に攻略していくのもありなんじゃないかな」

ここはストーリーでも序盤の街。家族や家で働いている者たちから聞いた話でも、いわゆる低レベル帯の人間が戦っても死ぬような場所ではないのは既に確認が取れている。

つまりこのダンジョンも、ストーリーの序盤で入るダンジョンである可能性が非常に高いのだ。

「最初の階層はコボルドかー」

カーテンを開き、月明かりの下で本を開く。意外と明るいので読めるのである。や、僕が子供だから目がいいだけなのかもしれないけど。

「さすがにフィールドにいる魔物と比べると、ランクが上っぽいな」

この周辺に出てくる魔物は、スリムスポアと呼ばれるキノコの魔物。チュートリアルダンジョンで僕に焼かれている、スリムスポアを太らせたキノコの魔物。それに小さい犬だか狼《おおかみ》だかわからないプルウルフ。某国民的ゲームで言うところのスライム的な立ち位置にいるボールゼリーなどだ。

近くの森の中や川の近く、人里からある程度離れると魔物の種類も変わり、多少骨のある連中が出てはくるけど、それでも『ゲーム序盤に出てくる魔物』の域を出ない。

僕は持ってきたダンジョンについて詳しく書かれている本を開く。

「コボルド、だね」

コボルド、二足歩行の犬のような、武器なんかも持てる魔物だ。

これらは序盤の魔物の域を出ないが、序盤で当たるとそれなりに苦戦をする相手でもある。

「ゲームだとターン制のコマンドバトルだから絶対に攻撃の番がくるんだけど、リアルだとどうなんだろうなぁ」

なんといってもリアルなのだ。魔物と戦っている最中に魔物が追加で出てくる危険性がある。

逆にゲームと違い、自分のタイミングで攻撃ができる。敵から攻撃を待つ必要がないので、敵の反撃を待たずに一気に攻撃をして倒してしまうことも可能だ。

「弓、最強じゃね？」

魔法も十分強いと思うけど、弓矢はさらに強そうだ。

何より弓矢というものは、魔法と違って練習さえすれば普通の人間でもある程度使用することができるのだ。弓矢を持っている人間を何人も並べて攻撃できれば……。

「やっぱり最強じゃないかな！」

ＪＯＢを持たない人間でも弓を使うことができる。練習を続ければある程度、狙った場所にも矢が当たるようになるのだ。

「僕は引けないけどね！」

腕が短いから弓の弦が引きにくい！　というかそもそも力が弱いから引けない！　ムズすぎる！

「自分ができないことだけど、人に任せればきっと……」

ゲームのストーリーが始まったら仲間が増えるだろう。

きっとバランスよく前衛二人の後衛二人、みたいな感じで。

今の段階では僕自身の立ち位置がわからないけど、多分後衛だろう。うん、きっと。そうあってほしい。魔物の正面に立って剣で攻撃して盾で受けるとか怖すぎる。

「でもコマンドバトルじゃないなら関係ないよね！」

ストーリー中盤から後半になればそれぞれの職に合わせたパーティ構成をしなければ攻略は難しいだろう。だから中盤以降は前衛、後衛、中衛とそれぞれ役割を持ってパーティを構成しないといけなくなると思う。

でも序盤のうちはどうだ？　そりゃあバランスのいいパーティがいいかもしれないけど、一方的に攻撃ができる状況でそんなバランスのいいパーティになんてこだわる必要はあるのだろうか？

「ないよね！」

そう、ないのである。

コマンドバトル？　何それ、の状況なのだ。知恵を絞って何が悪い。

「一方的に攻撃できるんならしなくてもいいよね！」

しなくていいよね！　最初は洞窟っぽい感じの場所だ。コボルドがのそのそ歩いているからそれをメタメタに倒す洞窟だ。

「例えば四人パーティだとしたら」

前衛一人に後衛……というか魔法で攻撃できるとか弓矢を装備してるとかの三人で、前衛が魔物を引きつけて、こちらは戦いやすい場所から一方的に攻撃をする、とか。

「ふふふ、でもできるならやらない理由はないよね」

なんといっても魔物との戦いは文字通り命懸けなのである。油断していいわけがない。

「まあ前衛の負担が厳しそうだけど」

厳しいなんてレベルじゃないかもしれない。

「とはいっても前衛にも気をつけてもらわないといけないけどね」

いわゆるトレイン行為だ。誘引しすぎたらこっちがやられてしまうかもしれない。

「その辺はしっかり教えないとだけどね」

もちろん自分でやるつもりはない。危ないもん。

そんなことを思いながら、僕は次のページをめくるのであった。

「まさか知られていないダンジョンだったとは」

手放しに褒められた僕としては複雑な心境だ。褒められるのは嬉《うれ》しいけど。

「むう、原作に介入をしてしまったかもしれないな」

今まで誰にも知られていなかったダンジョンを見つけて、それを攻略するっ！　なんてストーリー的にはそれなりに印象深いイベントになりそうなのに。

もしかしたら先行して見つけてしまったのかもしれないのだ。

「でもワイバーンのＭＡＰ以降は攻略が難しくて未知数って話だもんなー」

十一階層までの情報しかなく、それ以降はどのような場所でどのような魔物がいるのか未知数なのだ。昔の人たちが探索を断念しているらしく情報がない。

「ワイバーンってそんなに強い敵じゃなかった気がするんだけどなぁ」

山っぽいダンジョンに普通にいた魔物だ。それなりに強い攻撃力を持っていたり、ブレスを吐いたり毒を持っていたりと、多彩な攻撃方法を持っている魔物だったはず。

「リアル化した弊害だなぁ」

本を見る限りではあるけど、ワイバーンは体の大きさが三メートルから五メートル。ぶっちゃけた話、想像していたものよりでかい。

そんな巨体が群れを作って飛び回り、人を見かけると飛び掛かってくるのだ。

「しかも渓谷」

昔の人たちが断念した気持ちがよくわかる。

自由に動き回れるスペースが多くないうえに、向こうは空を飛び回って襲い掛かってくるのだ。

「無理ゲーじゃん！」

ゲーム内では、一度にエンカウントする魔物は多くて五体くらい。ワイバーンは二体くらいしかエンカウントしなかったはずだけど、現実だとその制限はないのだ。

しかも渓谷という行動範囲が限られている場所。もし崖とかを登っている状況だったりしたら、そんな時にワイバーンに襲われたりなんかしたら……。

「死んじゃうじゃん！」

え、これクリアしないといけないの？　序盤に？

「いやいやいや、無理じゃん」

でもクリアしないと攻略に必要なアイテムが手に入らないとか、さらわれたお姫様を追いかけるためにクリアしないといけないとかだったらかなりきつい。

「ぬう、何かしら対策が必要なんじゃない？　というか何かしら攻略の糸口がどこかに隠されているんじゃない？」

冷静に考えてみよう。ゲームならクリアできるようになっているはずだ。

というかこのダンジョン、急に難易度上がってるよね。つまり、序盤にクリアするダンジョンではないのかもしれない。山のダンジョンはそれなりにレベルが上がってから行けるようになるダンジョンだったはず。だからそこに出てきていたワイバーンもそれなりに高いレベルの魔物だったはずだ。

「というか八階のライドブッカーや自動人形も高いレベルの魔物だった、はず」

ライドブッカーは各キャラクターの職を自由に変えるために使う、職業の書の作成に必要なアイテムをドロップする魔物だ。

逆を言えば各キャラクターがそれなりに育って、色々と職を変えたりする余裕が出始めた頃に相対するようになる魔物なのである。

決して序盤に出会うような魔物ではないのだ。

「仮に序盤にこのダンジョンに行けるようになったとしても、それこそ五階層のボスのワーウルフに向かうような真似はしないようにしないと」

どんな人間が仲間になるかわからないけど、自信家キャラやお調子者キャラがいたら危険なのである。

勝てるかどうかわからない相手に戦いを挑みたがる仲間なんて、厄介極まりない。

「こちとら命がかかってるんだから」

ワーウルフはクリティカルが痛い。レベルが低く、装備が整っていない状況で戦うのは非常に怖い相手だ。レベルの低い後衛が狙われたら即死である。

「く、ワイバーン以前の問題じゃないか」

なんといってもゲームの主人公や、その仲間たちに選ばれるような人間である。正義感の塊だったり、戦いに無駄に喜びを感じるタイプだったり、一癖も二癖もあるような人間に決まっている。

その方がストーリー的には盛り上がるときがあるんだから。

「なんだかダンジョンに行きたくなくなってきた」

可能であればベテランの人間と、それこそうちのお父さんとかレドリックみたいに実力が保証されている人たちとダンジョンに潜りたい。

保護者同伴が恥ずかしい？　死ぬよりは絶対にいいはずである。

「思春期の少年少女には悪いけど、羞恥心より恐怖心の方が勝るね！」

どれだけ自分たちに自信があろうとも、上級者の意見を無視するのは難しいだろう。何よりお父さんだったらここの領主様だ。なんだかんだで貴族社会で縦社会だもの、偉い人の命令を無視できるような人間だなんて。

「ありうる……」

ありえてしまう。なんということだ。流れもなんとなく予想できてしまうほどにありえる。

ゲームスタートの段階で僕の年齢がいくつなのかは未《いま》だに不明だけど。きっと『大人たちに禁止されている』とか『領主様がダメだって言っていた場所』とかそんなワードから『これくらいクリアできないと、世界を平和にだなんて夢のまた夢だ』とか言いだす奴が絶対にいる。

あとは『オレたちなら大丈夫さ！』的な謎の自信から始まって周りが同調するパターン。もしそれを言いだすのが主人公ポジの人間で、主人公を慕っているヒロイン的なポジの娘っこあたりが

『さすが主人公くん！』とか同調しだしたら、僕がいくら止めても『あら怖いの？』とか『心配ないさ！　オレがいるからな！』　とかそんな話の流れになって、止まらなくなるんだ。そうなると待っているのは……。

「全滅イベントかあ」

古き良き時代から存在する伝統芸、全滅イベントである。

ゲームのキャラクターの成長を促すためだったり、味方同士の結束を固めるためだったり、後々に登場する敵キャラやライバルキャラの強さを見せつけるために存在する強制イベントだ。

ゲームであれば『全滅したけどなんかイベント進んだからそういうモノなんだろうな』で済むけど、何度でも言うがこちとら命がかかっているのだ。

「今の段階で僕自身の強化をしまくればなんとかなる……か？」

どのゲームの負けイベントでも無理やりレベルを上げまくって力でねじ伏せるなんて方法を取ろうとする輩《やから》がいるし、こういうパーティ構成やＪＯＢ構成をしてこのタイミングでこのアイテムやらスキルを使えば勝てるよ！　的な抜け穴を見つける人間は結構多い。

まあそれでも強制イベントの場合は敗北することがほとんどだ。たまに勝てた場合用のセリフが用意されてたりするゲームはあるけど、結局イベントだから回避ができないのである。

くそう、攻略サイトをくれぇ！

「あとは僕……自身が強くなりすぎると、僕がいるから大丈夫って話になる可能性もある」

そうなると僕が主人公ポジ？　それならばダンジョンに向かうのを止められるか？

「なんか無理な気がする」

結局僕が主人公ポジだったとしても『ジルベールがこんなに強いんだから平気だよね！』みたいな感じでヨイショされてダンジョンに向かう可能性も出てくる。ぬおお、ジレンマぁ！

「それに貴族社会なのも厄介だ」

そう、貴族社会なのだ。僕のお父さんも貴族だけど、例えばそれよりも偉い貴族の、伯爵様とか侯爵様とか、下手したら王様やら王子様的なポジションから命令をされて、逆らえない状況の先に全滅イベントがご用意されていたらなんの抵抗もできない。

「ぐふっ」

謎のダメージが僕の胃袋を直撃するぜ。

「ダメだ、今のうちにとにかく自分を強化しておかないと」

そう、回避できないイベントならば死なないように立ち回るしかない。それをするにはそれなりの実力が必要になるのだ。

「それと、今のうちに頼れる人間を作っておく必要もある」

筆頭はもちろんお父さんである。ＪＯＢを複数有していて、騎士としてだけでなく、冒険者としても活躍していたというお父さんが実際に戦っているところは見たことないけど、レドリックとの手合わせを見た限りでは、かなりの実力者のようである。レドリックやシンシア、ロドリゲスの話を聞いても『すごい』『強い』『頼りになる』と大絶賛。もうお父さんが主人公でよくない？

次いでシンシアだ。うちのメイドでありながら、冒険者でもあったという彼女。実力のほどは未知数だけど、少なくとも今の段階で考えると、頼りになる存在だ。

お母さんも冒険者だったらしいけど、なんというか……頼っていい存在であるかどうかわからない。何より下手に頼ろうとすると逆にいいように使われる気がしてならない。

「良い武器持ってたからそれなりに強いのかもしんないけど」

ゲームだと順次そのレベルに応じた強い武器が手に入るものだけど、現実となった今だとそれはわからなくなってしまっているのだ。

そもそもストーリー後半の村の武器防具店って何なの？　明らかに物語の序盤やら中盤で出てくる首都的な場所よりもいいものが売っているのだ。伝説の鍛冶師《かじし》的な人が常駐しているのだろうか。

「レドリックはともかく、ロドリゲスはどうなんだろう」

レドリックはお父さんと稽古《けいこ》が成り立ってるから強いんだろうけど、ロドリゲスは話を聞く限りだとそこまで極端に強いって感じはなかった。とはいえＪＯＢを持っているからそれなりに強いんだろうけど。

「この世界の人たちの強さの基準がわかんないよぅ」

そうなのである。未だにお屋敷の敷地から出たことのない僕は、この世界というものを知らなすぎるのだ。

ゲームの知識があるから○○の街とか××城とか言われると、覚えている範囲ならぼうっすらと想像ができる程度。

あくまでもゲームの知識である。

「お父さんがあり得ないくらい滅茶苦茶強ければいいのになぁ」

　とはいえゲームの本格的な始まりは十代中盤から後半になると勝手に予想している。『ユージンの奇跡』での主人公の年齢設定は覚えてないけど、村から外に出られても誰にも咎《とが》められない年齢だった。

　となると、僕自身の年齢と比較してもまだ十年くらいの時間はあるのではないか？　と予測しているのだ。

「そうだといいなー」

　たまにいるんだけどね、七歳とか八歳の子供だけど『天才ですから大丈夫』みたいな扱いの人。そういうポジションには収まりたくない。

　あれ？　その可能性もあるんじゃない？　となると、僕に残された時間はあまりないのかもしれない。

「まったくもって油断できないじゃないか！」

　明日には『ストーリーが始まりましたので旅に出てください』なんて言われるかもしれない！

　うう、どうしよう。せめて世界が崩壊するような壮大なストーリーがご用意されてないことを祈るしかない。

　はあ、本当に油断ができない人生になりそうである。

強制的に
スロー
ライフ!?

MFブックス

強制的にスローライフ!? 1

2023年4月25日　初版第一刷発行

著者　てぃる
発行者　山下直久
発行　株式会社KADOKAWA
〒102-8177　東京都千代田区富士見2-13-3
0570-002-301（ナビダイヤル）
印刷・製本　株式会社広済堂ネクスト
ISBN 978-4-04-682416-5 C0093

企画　株式会社フロンティアワークス
担当編集　福島瑠衣子（株式会社フロンティアワークス）
ブックデザイン　鈴木 勉（BELLS'GRAPHICS）
デザインフォーマット　ragtime
イラスト　でんきちひさな

本シリーズは「小説家になろう」（https://syosetu.com/）初出の作品を加筆の上書籍化したものです。

ファンレター、作品のご感想をお待ちしています

宛先
〒102-0071　東京都千代田区富士見2-13-12
株式会社KADOKAWA　MFブックス編集部気付
「てぃる先生」係「でんきちひさな先生」係

二次元コードまたはURLをご利用の上
右記のパスワードを入力してアンケートにご協力ください。

https://kdq.jp/mfb
パスワード
bmpub

● PC・スマートフォンにも対応しております（一部対応していない機種もございます）。
●アンケートにご協力頂きますと、作者書き下ろしの「こぼれ話」がWEBで読めます。
●サイトにアクセスする際や、登録・メール送信時にかかる通信費はご負担ください。
● 2023年4月時点の情報です。やむを得ない事情により公開を中断・終了する場合があります。

八男って、それはないでしょう!
みそっかす
著 Y・A
イラスト:藤ちょこ
ヴェルと愉快な仲間たちの黎明期を全編書き下ろしでお届け!
冒険者予備校時代のヴェルに降りかかる面倒事『狩猟勝負』、
生きるために狩るヴィルマの狩猟生活『英雄症候群の少女ヴィルマ』、
聖女と呼ばれるに至ったエリーゼの正道の記録『聖女誕生』、
以上の三本を収録!
MFブックス
MFブックス新シリーズ2023年5月発売予定!

薬草採取しかできない少年、最強スキル『消滅』で成り上がる
Yakuso saishu shika dekinai shonen, saikyo skill “sho-metsu” de nariagaru
このF級冒険者、無自覚に無敵!
岡沢六十四
Okazawa Rokujuyon
イラスト:シソ
STORY
15歳の少年エピクはひとりで活動するF級冒険者。しかしある日、実力不足を理由にギルドを追放されてしまう。路頭に迷う中で出会ったのは、薬師協会長の娘スェル。「エピクさん、ここで一緒に働いてください!」というスェルの提案で生活の基盤を整えたエピクは、これまで隠してきた「どんなモノでも消滅できる」スキルの応用術を身につけて成り上がっていく——。
MFブックス新シリーズ発売中!!
MFブックス

辺境の
自由気ままな異世界ものづくり日記
魔法薬師
えながゆうき
イラスト：パルプピロシ
STORY
ある日女神に「私の世界の魔法薬を改革してほしい」と頼まれ転生すると、そこでは「最低品質」「ゲロマズ」「もはや毒」の三拍子が揃った悪夢のような魔法薬がはびこっていた！　辺境伯家の三男ユリウスとして転生した俺は、前世のゲームスキルを活かし魔法薬改革をスタートさせる。
激マズ魔法薬を発展させながら、
のんびりものづくりスローライフを楽しみます！
第7回カクヨムWeb小説コンテスト
異世界ファンタジー部門
特別賞
受賞作
MFブックス新シリーズ発売中!!

最低キャラに
転生した俺は生き残りたい
霜月雹花
Shimotsuki Hyouka
イラスト：キッカイキ
転生したキャラクターは、
あろうことか
悪役＆最低キャラ!?
STORY
生前やり込んだゲーム世界の最低キャラに転生してしまったジン。
そのキャラクターは3年後、婚約破棄と勇者に倒されるせいで悪に堕ちる運命なのだった。
彼は目立たぬよう、獣人クロエと共に細々と冒険者稼業の日々を送るが、
平穏な日常を壊す、王女からの指名依頼が舞い込んでしまい――!?
MFブックス新シリーズ発売中!!
MFブックス

走りたがりの異世界無双
～毎日走っていたら、いつの間にか世界最速と呼ばれていました～
坂石遊作
イラスト：諏訪真弘
転生したから走りたい！
才能ないけど好きなことします！
第7回カクヨムWeb小説コンテスト
異世界ファンタジー部門
特別賞
受賞作
生まれつき足が不自由だった男は、ある日異世界に転生する。彼は貴族の長男・ウィニングとして生まれ変わり、
領主になるべく育てられるが、彼の興味は、前世で憧れていたこと――自由に走り回ることにしかなかった！
MFブックス新シリーズ発売中!!
MFブックス

MFブックス既刊

氷魔法のアイス屋さんは、暑がり神官様のごひいきです。 ①～②
著：天ノ瀬／イラスト：TCB
転生した異世界でアイス屋さんはじめました！

神様のミスで異世界にポイっとされました　～元サラリーマンは自由を謳歌する～ ①～②
著：でんすけ／イラスト：長浜めぐみ
誰にも邪魔されず、我が道をゆく元サラリーマンの異世界放浪記！

戦闘力ゼロの商人　～元勇者パーティーの荷物持ちは地道に大商人の夢を追う～ ①
著：3人目のどっぺる／イラスト：Garuku
大商人になる夢を叶える。そう誓った男の成り上がりファンタジー！

武器に契約破棄されたら健康になったので、幸福を目指して生きることにした ①
著：嵐山紙切／イラスト：kodamazon
超病弱から一転、健康に！　膨大《ぼうだい》な魔力を使って自由に生きる！

サムライ転移～お侍さんは異世界でもあんまり変わらない～ ①
著：四辻いそら／イラスト：天野英
大蛇もゴブリンも傭兵も、歯向かう者は斬り倒す!!!

使い潰された勇者は二度目、いや、三度目の人生を自由に謳歌したいようです ①
著：あかむらさき／イラスト：かれい
二度目の人生で酷使された勇者、三度目の人生こそ自由な生活を送りたい！

くたばれスローライフ！ ①
著：古柴／イラスト：かねこしんや
これはスローライフを憎む男のスローライフ！

走りたがりの異世界無双　～毎日走っていたら、いつの間にか世界最速と呼ばれていました～ ①
著：坂石遊作／イラスト：諏訪真弘
転生したから走りたい！　才能ないけど好きなことします！

最低キャラに転生した俺は生き残りたい ①
著：霜月雹花／イラスト：キッカイキ
最低キャラで悪に堕ちる3年後までに、転生者はゲーム知識で運命に抗う！

辺境の魔法薬師　～自由気ままな異世界ものづくり日記～ ①
著：えながゆうき／イラスト：パルプピロシ
転生先は〝もはや毒〟な魔法薬だらけ!?　ほのぼの魔法薬改革スタート！

薬草採取しかできない少年、最強スキル『消滅』で成り上がる ①
著：岡沢六十四／イラスト：シソ
このF級冒険者、無自覚に無敵。

異世界転生スラム街からの成り上がり　～採取や猟をしてご飯食べてスローライフするんだ～ ①
著：滝川海老郎／イラスト：沖史慈 宴
異世界のスラム街でスローライフしながら成り上がる！

強制的にスローライフ!? ①
著：てぃる／イラスト：でんきちひさな
家族のために「油断はできない」と頑張るスローライフファンタジー！